KB040922

어푸어푸
라이프

어푸어푸 라이프

수영으로 만드는 마음 근육

글·그림 씨유숨

샘터

프롤로그

안녕하세요. 씨유숨입니다.

수영이 너무 좋아서 계속 수영을 했을 뿐인데 체력이 붙고 건강해진 것은 물론, 덤으로 인생에서 재미있는 일들이 일어나기 시작했습니다. 멈췄던 그림을 다시 그리게 되었고, 수영장에서 일어나는 재밌는 이야기를 나누고 싶어서 SNS에 올리기 시작한 수영만화가 많은 사랑을 받게 되었습니다.

수영을 다니면서 알게 되었어요. 제 몸에는 근육도 없었지만, 무엇보다 마음 근육이 전혀 없었다는 것을요. 작은 일에도 쉽게 마음이 요동치곤 했습니다. 마음의 높낮이가 쉽게 오르락내리락하다 보니 항상 몸보다 마음이 먼저 지치더라고요. 지금은 그런 순간이 찾아올 때마다 수영장에 갑니다. 마음이 무거운 날, 기분이 들떠서 좀처럼 가라앉지 않을 때, 슬플 때나 기쁠 때나 언제나 수영은 저를 '온전한 나'로 되돌려 줍니다.

누구나 한 번쯤은 수영을 배워 볼까 생각한 적이 있을 거예요. 수영장이라는 낯선 환경에 벽을 느끼고 돌아선 적이 있다면 이 책을 통해 수영장에서는 어떤 일들이 일어나는지 경험하고 수영의 벽을 조금이나마 허물었으면 하는 마음입니다. 수영을 다니시는 분들은 '나도 그랬었지' 하고 공감해 주시면 기쁠 거예요.

그럼, 모두 저의 고군분투 수영일기를 재밌게 읽어 주시길 바랍니다!

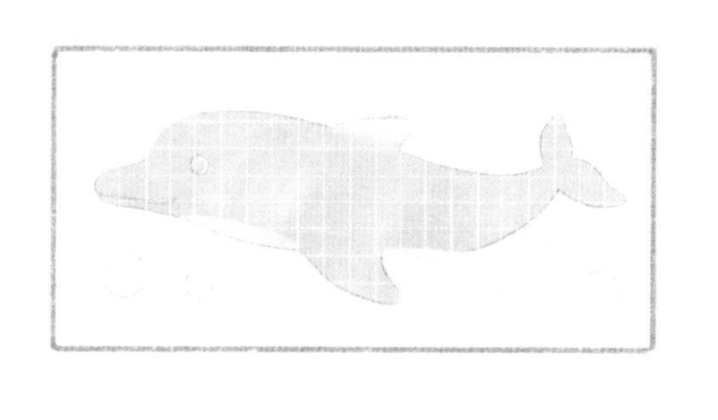

7:00

스트레칭을
꼼꼼하게!

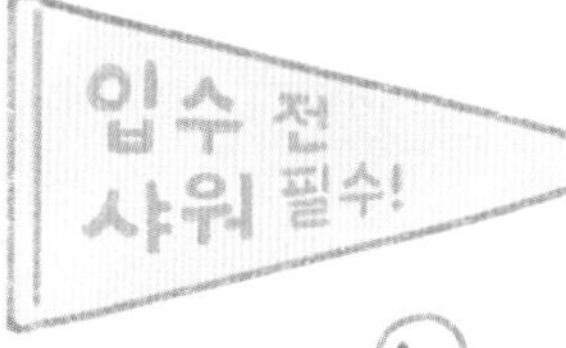

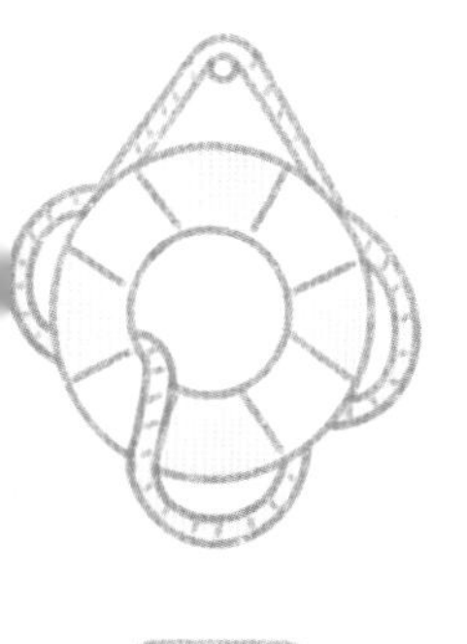

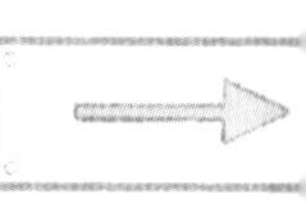

초급

수영장 이용 순서

①

수영장에 간다.

②

카운터에서 키를 받는다.

③

탈의

④

샤워용품, 수건, 수영용품을 들고
샤워실에 들어간다.

⑤

샤워

머리 감기
+
샤워
+
양치

⑥

수영복을 입는다.

⑦

샤워실 내에 있는
가방 보관 장소에
가방을 둔다.

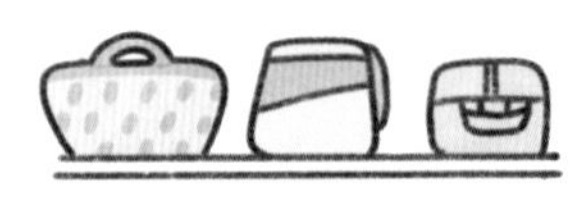

⑧

수영장 입장

⑨

수영을 한다.

⑩

샤워

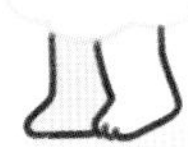

슥

슥

⑪

물기를 닦는다.

⑫

나간다.

수영 가방 챙기기

[방수 가방]
수영복
수모
브라캡
(선택)
수경
샤워타월
치약
칫솔
샴푸
트리트먼트
클렌징폼
[파우치]
스킨케어 + 메이크업
여벌 속옷

수영 가기 전날 밤
수영 가방을 미리 챙겨 두면
아침에 준비 시간을 줄일 수 있어요.

오리발은
오리발 가방에 넣어
들고 다니거나

수영장에 있는
오리발 공용 보관함에
두고 다니는 방법이 있어요.

있으면 좋은 수영템

안티포그 액

수경에 김이 서려 앞이 보이지 않을 때
안티포그 액을 한두 방울 떨어뜨려
렌즈 전체에 펴 바른 다음
물에 헹구고 쓰면
깨끗한 시야를 유지할 수 있다.

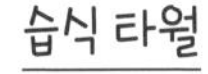

습식 타월

일상에서 쓰는 보송한 건식 타월과 다르게
물에 적신 다음 짜서 쓰는 방식의 타월이다.
수영장이나 목욕탕 같은
습한 장소에서 쓰기 탁월하다.
마르면 딱딱해지는 특징이 있다.

귀마개

귀에 물이 잘 들어가는 사람은
귀마개를 착용하면 좋다.
크기가 작아서 분실이 염려된다면
수경에 걸어서 쓰는
타입을 구매하면 된다.

스마트 시계

운동량을 기록하고 싶다면 방수가 되는
스마트 시계를 추천한다.
데이터가 쌓이면 실력이 얼마나 늘었는지
지표로 삼을 수 있고
매일 운동량을 체크할 수 있다.

골전도 이어폰

물에서도 음악을 들을 수 있는
방수가 되는 골전도 이어폰.
길을 걸을 때 음악을 들으면
주변 풍경이 달라 보이듯
수영을 할 때 듣는 음악은 그야말로
다른 세상에 온 듯한 느낌을 준다.

개인 훈련 용품

킥판, 풀부이, 패들, 스노클 등
개인 장비가 있으면 수업 외
자유 수영에서도 개인 훈련을 할 수 있다.
분실 위험이 있으니 이름은 꼭 기입해 두자.

차례

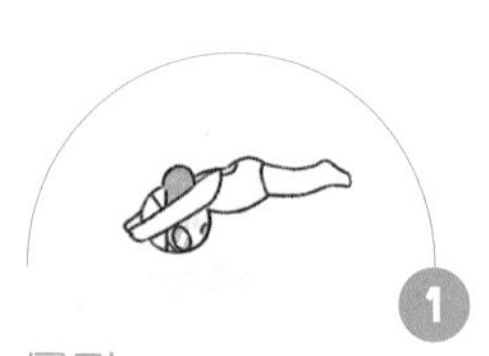

1
물과
친해지는
것부터

2 이제는 어엿한 수영인입니다

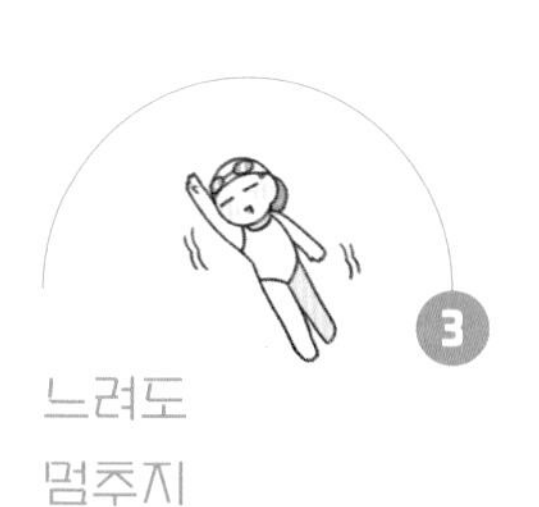

3 느려도 멈추지 않기

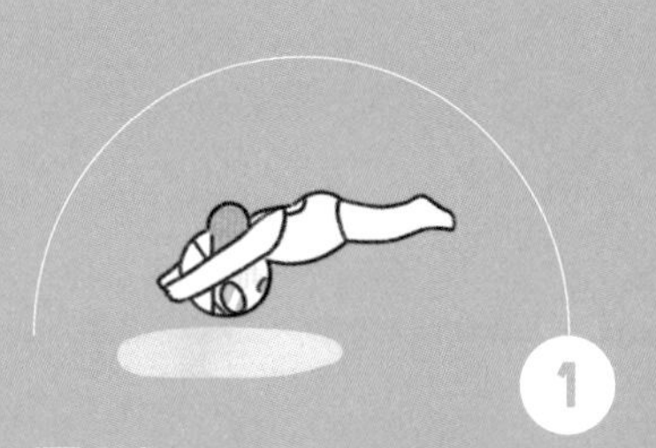

물과 친해지는 것부터

불안과
시작

~~~~~~ 체력이 약해 일상생활이 힘들던 때가 있었다. 지하철 계단 오르기가 등산만큼 힘들고, 중요한 회의 시간에 졸음을 못 참고, 영화관에서 영화 한 편을 끝까지 못 보는 수준이었다. 심각성을 인지하고 당장 운동을 시작해도 모자랄 판에 나처럼 운동을 싫어하는 사람은 기를 쓰고 다른 방법을 찾는다. 비타민 종류 추가하기, 수면 시간 늘리기, 주말 외출 자제하기 등 '운동하기'만 빼면 다 하겠다는 기세였다. 하지
~~~~~~

만 근본적인 문제가 해결되지 않으니 상황은 나아지지 않았다.

그렇게 하루하루를 겨우 버티며 지내던 중 친구들과 함께 대만으로 여름휴가를 떠나게 되었다. 그 시기가 대만의 폭염 기간에 포함되어 있다는 사실을 나중에 알게 되었지만, 당시 우리는 젊었고, 우리나라 폭염도 만만찮기에 막연히 괜찮으리라 믿었다. 물론 섣부른 판단이었다. 우리 중 어느 누구도 대만의 엄청난 습도는 예상하지 못했다. 분명 누구라도 쉽게 감당할 수 없는 더위였다. 그런데 놀랍게도 친구들은 처음에는 조금 힘들어했지만 충분히 여행을 즐길 수 있는 정신력과 체력이 있었고, 난 혼자 일찌감치 나가떨어져 그들 뒤를 겨우 쫓아다니는 것밖에 할 수 없었다. 같은 악조건에서 여행을 즐기고 있는 친구들과 죽을 만큼 힘든 나…. 그렇게 힘겨웠던 여행이 끝이 났다. 그곳에서 무엇을 했는지는 잘 기억나지 않는다. 그저 마음속에 어떤 강한 쇼크가 남았을 뿐.

집으로 돌아와 생각할수록 억울했다.

'왜 나만 그렇게 힘들었을까? 나이가 같으니 신체 나이도 같아야 하는 거 아니야?(아님) 적어도 비슷은 할 텐데?(솔직히 자신 없음) 아무리 그래도 20대는 인생에서 제일 건강할 때잖아!'

평소에 남들보다 체력이 약하다는 건 알고 있었지만, 실제로 그 차이를 목도하니 충격이 컸다. 순간 머릿속에서 경고음이 들리는 듯했다. 이대로 살다가는 나중에 진짜 큰일 난다고.

운동을 시작하게 된 계기는 사람마다 다르지만, 나의 경우는 '불안'이 시작이었다. 신체적으로 제일 건강한 시기에 이렇게 힘들다면, 앞으로는 쭉 내리막길밖에 없는 미래가 그려졌기 때문이다. 먼 훗날 나이가 많이 들었을 때 적어도 '이럴 줄 알았으면 젊을 때 운동이라도 해 두는 건데…'라는 말은 하고 싶지 않았다. 후회를 남기지 않으려면 지금 할 수 있는 것을 하자. 그렇게 싫어하던 운동일지라도. 분명 나중에는 지금 이 시간을 아쉬워하는 날이 올 것이다. 비록 별것 아닌 것 같아도 시작하면 달라질 수 있다.

여행을 가면 늘 혼자 뒤처졌다.
힘들어…
하아

왜 나만 힘들지?
먼저 가!
빨리 와~
저기다!
← 동갑 친구들

나이가 같으면
신체 나이도 같아야 하는 거
아니야?!
(아님…)

점점 불안해지기 시작했다.
지금이 제일 젊고 건강할 나이일 텐데…
나중엔 여행도 못 다니는 거 아닐까?

나중에 후회하게 될까 봐….
골골
젊을 때 운동이라도 할걸….

절레
절레
안 돼!

아직 늦지 않았다.
지금 할 수 있는 것을 시작하자.

미래의 나를 위해서라도.

운동은 싫지만 수영장은 가고 싶어

지금의 내가 이렇게 말한다면 다들 믿지 않겠지만, 나는 운동이 너무나 싫었다. 어느 한 종목이 아니라 운동 자체가 싫었다. 그 이유는 어릴 때부터 부모님이 억지로 끌고 다니며 운동을 시킨 영향이 크다. 생활 체육인이던 부모님이 내게 요구한 운동은 처음부터 난이도가 높았다. 예를 들어, 달리기를 시작할 때 '걷기'부터가 아니라 무작정 '5km 마라톤 대회'부터, 스키를 시작할 땐 '넘어지는 연습'이 아니라 일단 '상급자 코스'부터. 지금 생각해 보면 닥치면 하게 된다는 부모님 나름의 교육방침이셨겠지만, 불행히도 나는 운동에는 전혀 재능이 없었다. 입문 과정 없이 처음부터 고난이도의 운동을 강행하다 보니 결과는 늘 처참했고, 그런 경험이 반복될수록 나는 자신감을 잃어 갔다.

그렇게 운동 혐오자가 되어 가던 나에게 딱 하나 좋아하는 운동이 생겼다. 바로 수영이었다. 도무지 재미를 붙일 수 없었던 다른 운동과 수영의 차이점은 무엇이었을까?

수영 자체도 좋았지만 정확하게는 '수영장'이 좋았다. 수영장에 가면 항상 만날 수 있는 또래 친구들, 수영이 끝나고 다 함께 모여 먹던 맛있는 컵라면, 집으로 돌아오면 딱 맞춰 방영하던 디즈니 만화와 같은 순간들이 늘 설레었다. 나중에는 수영장 염소물 냄새만 맡아도 컵라면이 떠오를 지경이었다. 아마도 이게 성인이 되어 운동의 필요성을 절실히 느꼈을 때 고민 없이 수영을 선택한 이유일 것이다(컵라면을 말하는 건 아니다).

운동을 지속적으로 하고 싶다면 잘하려는 마음보다 흥미를 붙이는 일이 더 중요하다. 그것이 무엇이 되었든 말이다. 수영장에서 마음 맞는 친구를 사귀는 것, 영법을 배워 나가는 재미를 느끼는 것, 예쁜 수영복을 입어 보는 일이 될 수도 있다. 중요한 건, 즐거운 마음이 들어야 '다음'이 생긴다는 것이다. 나는 수영장에서만큼은 계속 '다음'을 만들 수 있었다.

무슨 운동을 할까 생각해 보니
아무래도 운동을…
하긴 해야겠지.

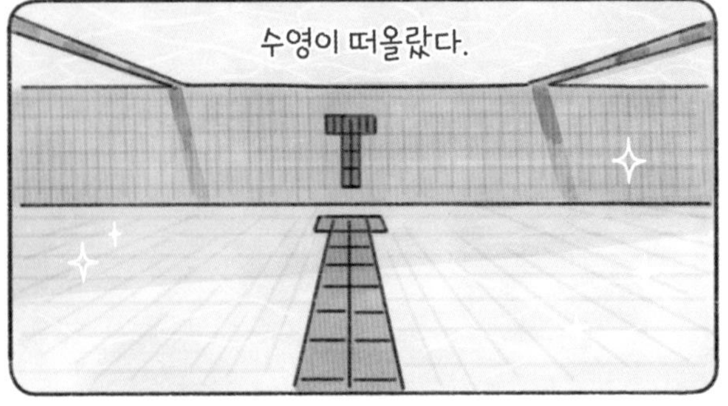
수영이 떠올랐다.

어릴 때 부모님을 따라 주말마다 갔던 수영장의…
밀키스

컵라면.
끄덕
맛있었지!

아니, 수영장에서 즐거웠던 기억.
날개!
날개다!

운동을 해야 한다면…
역시 수영이 좋겠어.

수영은
몸이
기억한다?

솔직히 수영에 조금 자신이 있었다. 어렸을 때 부모님을 따라간 수영장에서 자유형, 배영을 어느 정도 배우기도 했고, 해수욕장에서도 헤엄치고 노는 수준은 되었기 때문이다. 초급반을 선뜻 등록했던 것도 이번 기회에 수영을 처음부터 차근차근 제대로 배우려는 마음이었지, 결코 내 실력이 초급이라고 생각해서는 아니었다.

그런데 가만히 생각해 보니 초등학교를 졸업한 이

후로 실내 수영장에 간 기억이 없었다. 수영은 몸이 기억한다던데, 이렇게 오래 쉬어도 내 몸이 수영을 기억하고 있을지 궁금했다. 그래서 첫 수업을 받기 전에 나의 수영 실력을 스스로 테스트해 보고 싶어서 조금 일찍 수영장을 찾았다. 수업이 시작되기 10분 전이라 다행히 초급 레인에 사람이 없었다.

'좋아, 자유형부터 해 보자!'

일단 시작하면 어떻게든 될 거라 믿고 물속에 몸을 던졌다. 자유형을 할 땐 팔을 왼쪽, 오른쪽 번갈아 가며 돌리는데 오른팔을 돌릴 때 고개를 옆으로 돌려 숨을 쉬어야 한다. 분명 머리로는 기억하는데 호흡을 하려고 할 때마다 계속 코로 물이 들어왔다. 물을 먹을수록 몸이 경직되어 가라앉고, 가라앉으면서 또 물을 먹고… 이게 반복되다 보니 금세 몸에 힘이 다 빠져서 25m 레인을 끝까지 가지 못한 채 중간에서 멈춰 섰다.

'분명 할 수 있을 줄 알았는데….'

자유형조차 마음대로 되지 않자 배영도 시도하려다가 왠지 의욕이 없어져서 그만두었다. 그사이 수업 시간이 다 되어 초급반 레인에 사람들이 꽤 모였다. 간단한 인사 후 선생님이 질문했다.

"여기서 수영 배워 본 사람 있나요?"

조심스럽게 손을 들었더니 과반수가 수영을 배워 본 적 있는 사람들이었다. 수업 전 자가 테스트로 이미 내 실력이 어느 정도인지 안 데다가 수영을 해 본 사람이 여럿이라니, 처음의 자신감은 온데간데없이 사라졌고 이들 사이에서 과연 내가 수영을 배워도 괜찮을까 걱정이 되었다.

첫 수업은 레인 끝에서 끝으로 걸어 다니며 물과 친숙해지는 시간을 가진 뒤 간단하게 수영 호흡에 대해 배웠다. 일명 '음파음파'로 유명한 수영 호흡법이다. 코로 '음' 하면서 숨을 내쉬고, 입으로 '파' 하며 숨을 들이마신다. 간단한 동작처럼 보이지만 익숙하지 않은 호흡법이라 집중력이 꽤 필요하다. 만약 이 호흡법을 제대로 할 줄 알았다면 아까처럼 코로 물을 먹을 일은 없었겠지.

수업이 끝난 후 내가 초급반에 딱 어울리는 사람이

라는 걸 인정할 수밖에 없었다. 수영을 배운 적이 있다고 했던 다른 회원들의 실력도 나와 마찬가지였다. 수영은 몸이 기억한다는 말을 맹신하기 전에 10년이라는 긴 시간이 지나면 수영이 아니더라도 기억하기 힘들다는 걸 명심하자. 현재의 내 수준을 알고 받아들이는 것, 그것이 수영의 첫 시작이었다.

코로 숨을 '음~~~' 하고 내쉬고
(강사님)

입으로 '파!' 하고 숨을 들이쉬세요.
파!
합!

코로 숨을 내뱉고,
입으로 마신다.
음~~~
이게
물속에서의
호흡법…

수영은 몸이 기억한다는 말은
대체 누가 한 걸까….
켁
켁
전혀 기억 못 하잖아!

수영복의 벽

수영을 시작하려니 딱 한 가지가 마음에 걸렸다. 바로 수영장에서는 수영복을 입어야 한다는 것. 수영장에서 수영복을 입는 일은 태권도장에서 태권도복을, 테니스장에서 테니스복을 입는 것처럼 당연한 것이지만 여름휴가를 가서도 래시가드와 워터 레깅스로 몸을 꽁꽁 싸매고 놀던 나에게 팬티 라인을 따라 절개되어 팔다리가 훤히 드러나는 원피스 수영복을 입는다는 것은 넘어야 할 높은 벽이었다.

분명 어릴 때는 아무 생각 없이 입었는데 성인이 되고부터는 신경 쓰이는 게 한두 가지가 아니다. 하루 종일 앉아 있어서 의자 모양으로 납작해진 엉덩이라든가, 성장기에 갑자기 키가 커서 생긴 허벅지의 튼 살도 생각났다. 겨드랑이털은 미는 게 좋겠지? 그러면 아래쪽은 어디(?)까지 제모를 해야 하나…. 걱정이 꼬리에 꼬리를 물고 이어졌다. 평소에 눈치를 많이 보는 편이라 내가 하는 대부분의 걱정은 남들이 나를 어떻게 볼까에 대한 걱정이었다.

수영복을 입기 어려워하는 사람에게 수영 좀 해 본 사람이 흔히 하는 말이 있다.

"아무도 너한테 관심 없어. 그냥 입어."

말은 쉽지만 당사자에게는 가장 어려운 일이다. 나도 알지만, 힘든데 어떡하라고.

지금 와서 생각해 보면 노출이 적은 5부 수영복이나 반팔 수영복 같은 선택지도 있지만, 그때의 난 그런 수영복이 있는지도 몰랐다. 며칠을 고민하다가 '누군가와 함께 다녀야겠다'는 뜬금없는 결론에 도달했다. 혼자서는 부끄러운 일도 친구와 함께라면 괜찮을 것 같았다. 수영 메이트를 찾아 생각날 때마다 주변 지인들에게 물었다.

"혹시 수영 배우실 분!"

대부분 나와 같은 이유로 수영을 꺼렸다. 사회 초년생들이 수영 배우는 시간을 빼는 일이 힘든 것도 한몫했다. 혼자라도 다녀야겠다고 체념하던 때 "나! 예전부터 수영 배워 보고 싶었어"라며 드디어 누군가 반응을 보였다. 아르바이트를 나가던 회사의 선배였다. 대하기 어려운 선배는 아니었지만, 그렇다고 알몸을 거리낌 없이 내보일 만큼 편한 사이도 아니었다. 수영을 배울 거라고 주변에 큰소리치고 다녔는데 차마 선배랑은 못 다니겠다고 말할 수도 없고, 그렇게 선배와 함께 아침 수영 초급반을 등록했다.

수영복에 대한 고민은 여전했고, 선배와 수영복 매장에 가서 함께 수영복을 고르면서도 최대한 눈에 띄지 않는 것을 선택했다. 고심해 구매한 것은 회색 수영복에 흰색 수모, 파란 렌즈의 수경이었다. 절대 못

입을 것 같던 수영복을 선배와 같이 고르는 상황이 왠지 현실감이 없어서 자꾸 웃음이 나왔다.

이후 매일 아침마다 선배를 만나 수영을 배우고, 수업이 끝나면 함께 회사에 출근하는 일상이 시작되었다. 막상 수영장에 가니 수영복에 대한 걱정은 할 틈이 없었다. 수업에 늦지 않기 위해 서둘러 샤워하고, 비몽사몽인 상태로 아무 생각 없이 수영복에 다리를 집어넣었다. 옆에서 알몸으로 같이 허둥지둥 씻고 있는 선배를 보며 뭐, 아무렴 어떤가 하는 초연한 마음이 들기도 했다.

수영장에 가기 전 수없이 상상했던 수영복을 입은 어색한 내 모습은 실제 수영장에 들어서면서부터 사라졌다. 모두가 수영복을 입고 있는 그 장소에 자연스럽게 녹아들었다. 상상으로 어렵게 느껴지던 일이 막상 실제로 해 보면 어이없을 정도로 쉬운 일들이 있다. 이를테면 나에겐 '자전거 타기'와 '날생선'을 먹는 일 같은 것들이다. 이제 그 리스트에 '수영복 입기'도 추가되었다.

수영을 배우기로 결심하고 난 뒤
한 가지 걸리는 점이 있었다.
…

바로 수영복을 입어야 한다는 것!
어릴 땐
어떻게
입었지?
너무
민망해!

털은
어쩐담?
다리에
그어진
튼 살은 또 어떻고!

막상 수영장에 가니
...
뻘쭘
놀랍도록 아무도 나에게 관심이 없었다.

하하하!
수영복 입기
별거 없네!
휴

처음에 원피스 수영복이 부담스럽다면
5부 수영복
3부 수영복
반팔 수영복
래시가드
이런 선택도 가능하다.

수영복을 입은 많은 사람 중에

그저 한 명일 뿐.

아침형 인간이 되었다

잠은 자도 자도 부족하다. 아침마다 핸드폰 알람이 분 단위로 바쁘게 울린다. 7시, 7시 5분, 7시 8분, 7시 10분… 어느새 30분이 되어 이제는 진짜 일어나야 한다는 마지막 알림음이 들리지만 여전히 몸은 이불 속이다. 아침 일찍 일어나 여가 생활도 하고 출근 준비를 여유롭게 하는 '미라클 모닝'을 실천하는 사람들이 너무 대단하게 느껴진다. 이상적인 생활이라고 생각하지만 애초에 잠이 많은 나에게는 실현

불가능한 일이라 관심도 없었다. 그런 내가 덜컥 아침 시간의 수영 수업을 선택한 건 놀라운 일이었다.

수영 강습은 아침, 점심, 저녁, 보통 이렇게 세 시간대가 있다. 점심시간은 주로 주부반, 주니어반으로 구성되어 있어서 직장인에게는 아침, 저녁 두 가지 선택지가 주어진다. 수영을 시작할 당시 매일 야근을 하고 있던 터라 나에게 선택지는 아침 수영뿐이었다. 지금 일어나는 시간도 버거운데 기상 시간을 1시간 이상 당겨야 한다니 불안감이 엄습했다.

그런데 우려와는 달리 나의 출석률은 꽤 순조로웠는데, 예상외의 엉뚱한 곳에서 도움을 받았다. 바로 수영을 같이 다니기로 한 회사 선배의 영향이었다. 선배와 회사에서도 계속 수영 이야기를 하다 보니 둘 중 한 명이라도 수업에 빠지는 날이면 팀원 모두가 그 사실을 알게 되곤 했다.

"오늘은 꼭 오지! 중요한 거 배웠는데."

"어제 너무 늦게 잠들어서요. 하하…."

수영 수업이 업무도 아닌데, 빠지는 날이 생기면 나

도 모르게 계속 변명을 하고 있었다. 지금 생각해 보면 아무도 그렇게 생각하지 않았을 테지만, 모두가 나를 수업 시간도 못 지키는 불성실한 사람으로 볼 것만 같았다. 아이러니하게도 남 눈치를 많이 보는 내 성격이 아침 습관을 들이는 데에는 효과적이었다. 그 후로 선배가 수영을 그만두면서 더 이상 나의 성실함을 증명할 필요는 없어졌지만, 초급반은 진도가 빨라서 수업에 뒤처지지 않기 위해 열심히 나갔더니 자연스럽게 출석률을 계속 유지할 수 있었다. 무엇보다 수영이 너무 재밌어서 잠들기 전 빨리 내일이 오길 바라게 되었다. 어느 순간부터는 눈뜨자마자 아무 생각 없이 미리 챙겨 둔 가방을 들고 수영장으로 향하는 일이 일상이 되었다.

몇 년 동안 아침 수영을 하면서 느낀 아침 수영의 장점은 하루를 활기차게 시작할 수 있다는 것이다. 사람마다 하루에 쓸 수 있는 에너지의 총량이 정해져 있다면, 에너지가 온전하게 충전되어 있는 아침에 수영을 하면 훨씬 집중도가 좋다. 몸을 움직이면서 잠도

깨고 적당한 엔도르핀이 분비되어 활기 넘치는 하루를 시작할 수 있다.

수영 시간은 본인의 삶의 방식과 상황에 따라 유연하게 선택하면 된다. 내가 아침에 일어나서 운동하고 회사에 간다니! 타고난 아침형 인간, 저녁형 인간은 없는 것 같다.

아침 수영은
하루를 시작하는 상쾌함을,

저녁 수영은
하루의 피로를 씻어 내는 개운함을
느낄 수 있다.

물 공포증

~~~~~ 나에게도 물을 무서워하던 시절이 있었다. 기억이 잘 나지 않는 어린 시절부터 우리 가족은 거문도 외삼촌 댁에서 여름휴가를 보냈다. 슈퍼도 오락실도 없는 작은 섬은 아이들에게 꽤 지루한 곳이었는데, 외삼촌은 그런 우리를 작은 배에 태우고 무인도에 데려다주곤 했다.

"여기서 수영하고 고동 잡으며 놀아라. 3시간 뒤에 데리러 올게."
~~~~~

문제는 무인도에는 선착장이 없다는 것이다. 섬에 가까워질수록 수심이 얕아지기 때문에 최대한 육지와 근접한 곳에 배를 세우고, 나머지는 직접 헤엄을 쳐서 가야만 한다. 배에서 뛰어내려 헤엄쳐서 섬까지 가야 한다니. 예전에 〈정글의 법칙〉이라는 TV 프로그램에서 비슷한 장면을 본 것 같은데…. 우리 가족은 어쩌다 이런 곳으로 휴가를 와서 생존 수영을 하는 것인지. 배에서 뛰어내릴 용기가 나지 않았지만 애석하게도 나를 제외한 가족들은 모두 아무 거리낌 없이 물속으로 풍덩풍덩 잘도 뛰어내렸다. 섬으로 갈 수 있는 다른 방법이 있는 것도 아니어서 나도 눈을 질끈 감고 바다에 몸을 던졌다.

주말마다 수영장에서 아빠 친구들에게 알음알음 수영을 배우던 때라 어느 정도 수영을 할 줄 안다고 생각했는데, 바다는 수영장과는 달랐다. 바다의 잔잔한 파도는 나의 허접한 수영 실력을 비웃기라도 하듯 앞으로 가려는 내 몸을 작은 울렁임만으로도 제자리에 묶어 두었다. 바닷물은 내 예상보다 훨씬 차가웠고 발끝을 힘껏 세워도 바닥에 닿지 않을 만큼 수심이 깊었다. 무엇보다 내가 원하는 대로 몸이 움직여 주지 않는다는 사실에 등골이 서늘해졌다. 순간적으로 죽을 수도 있겠다는 생각이 들었을 때 근처에 있던 언니의 튜브를 잡고 겨우 육지로 나올 수 있었지만, 그 후로도 매년 거문도를 갈 때마다 나는 물 공포증을 마주해야 했다.

성인이 되어 수영을 배우면서도 긴가민가했다. 수영장에서 아무리 잘해도 바다에서는 또 다르지 않을까. 매년 여름마다 겪었던 물에 대한 공포는 쉽게 사라지지 않았다. 수영을 배운 지 2년이 되던 해 어김없이 거문도로 여름휴가를 갔을 때였다. 바닷속 바위에 붙은 전복을 발견하고 잠수를 했는데 평소와는 다른 느낌이었다. 물속 깊이 들어가기 위해 바닥을 향해 머리를 힘껏 숙이고 발은 부드럽게 저었다. 바위에 강력하게 붙어 있는 전복을 채집할 만큼 긴 호흡이 가능했고, 수면 위로 올라오는 과정도 물 흐르듯 자연스러웠다. 몇 번의 전복 채집을 통해 내가 물속에서 자유

자재로 움직이고 있다는 사실을 깨달았다. 그 순간 더 이상 물이 두렵지 않았다.

물 공포증을 극복하는 과정은 나에게 큰 의미가 있었다. 영어를 배울 때 알파벳부터 외우듯 수영을 배울 때 숨 쉬는 방법부터 익힌 것처럼, 하나부터 열까지 깨우치며 배우면 안 될 건 없다는 사실을 몸소 깨달았다. 그렇게 천천히, 하나하나 하다 보니 무엇이든 할 수 있다는 자신감이 생겼다.

합법적
휴일

생리의 고통은 사람마다 천차만별이다. 조금 불편할 뿐 평소와 다를 바 없는 사람이 있는가 하면, 고통이 심해 응급실에 실려 가는 사람도 있다. 물론 나는 후자다. 그래서 간혹 생리 기간에도 수영하는 사람들을 보면 딴 세상 사람같이 느껴진다. 출혈 문제는 둘째치고 생리할 때 운동이 가능하다고? 생리 기간 대부분을 고통 속에 누워 지내는 나로서는 상상하기 힘든 일이다. 그런데 사람 일은 한 치 앞을 모른다고 했던가. 나에게도 생리 기간에 수영을 해야만 하는 일이 생겼다.

평소에 듣고 싶었던 원데이 수영 특강을 신청한 적이 있다. 회사에서 며칠 밤을 새우고 무리했더니 예정일이 아닌데 갑자기 생리가 터져 버렸다. 안 돼! 내가 어떻게 신청한 수업인데…! 고대하던 수업을 생리 때문에 못 간다고 생각하니 너무 억울했다. 빨리 이 문제를 해결할 방법을 찾아야 해! 문득 한 달 내내 빠지지 않고 출석하는 수영장의 한 회원님이 떠올랐다. 곧장 그녀에게 도움을 요청했다.

"혹시 생리할 때 어떻게 하세요? 제가 꼭, 반드시 수영해야 할 일이 있어서요…."

"응, 탐폰 쓰고 수영하면 돼!"

탐폰! 명료한 답이 돌아왔다. 탐폰을 쓰면 되는구나. 흔히 쓰는 생리대가 밖으로 나온 피를 흡수하는 제품이라면, 탐폰은 질 속에 흡수체를 넣는 방식이다. 간편하고 찝찝함이 없어서 좋다는 말에 사용해 봤었지만 영 불편해서 '나랑은 안 맞네' 하고 치워 버렸던 기억이 났다. 그런데 탐폰을 써 본 경험으로는 조금 새어 나오던데…? 잘못 사용했던 걸까.

특강 당일. 수영장에서 처음으로 탐폰을 사용했다. 그토록 기다렸던 수업에 참석할 수 있었지만 이미 내 머릿속은 탐폰에 대한 걱정으로 가득 차서 마냥 좋아할 수 없는 상황이었다. 샤워실에서 당장이라도 아주머니가 달려와서 생리할 때 수영장을 오면 어떡하냐고 등짝을 때릴 것만 같았고, 물속에 들어가서도 푸른 물빛 사이로 나의 붉은 피가 새어 나오진 않을까 노심초사하며 온갖 걱정을 하느라 수업에 온전히 집중하지 못했다. 오히려 빨리 수업이 끝나서 이 긴장감을 떨치고만 싶었다.

그날 이후 생리 기간에는 두 번 다시 수영장을 가지 않기로 결심했다. 누군가 내게 "생리 기간도 짧고 생리통이 없어도 수영장에 안 갈 거야?"라고 물어본다면, 조금 고민할지도 모르지만 그래도 역시 가지 않을 것 같다. 생리 기간에 수영을 못 하는 아쉬움보다 혹시라도 민폐를 끼칠까 눈치 보느라 쌓인 피로가 나의 마음을 짓누를 테니.

수영장에는 '여성 보건 기간'이라는 명목으로 여성들의 생리 기간만큼 이용 기간을 연장해 주거나 할인을 해 주는 아주 유용한 시스템이 있다. 이제는 생리 기간에 수영을 못 해서 아쉬워만 하기보다는 내 몸이 허락한 합법적(?) 휴일이라 생각하고 푹 쉰다. 수영을 못 하게 되어 생긴 시간에는 그동안 수영을 다니면서 할 수 없는 것들을 몰아서 한다. 미용실을 다녀온다거나 미뤄 뒀던 병원 볼일을 보고, 친구와의 저녁 약속을 잡기도 한다. 그 시간을 통해 한동안 수영에 빠져 소홀해질 수 있는 것들을 다시 돌아보는 것이다.

비염 있는 수영인

시간이 날 때 나는 고양이 콘텐츠를 즐겨 본다. 고양이의 핑크빛 촉촉한 코, 말랑한 발바닥 젤리, 보드라운 털… 그 사랑스러운 모습에 푹 빠져서 시간 가는 줄 모르고 하염없이 보게 된다. 이럴 땐 나도 참 단순하다고 느낀다. 귀여운 걸 보면 마냥 행복해지니 말이다.

그런데 가끔 고양이 커뮤니티에 고양이를 키우는 도중에 털 알레르기를 발견하고 곤혹스러워하는 사연이 올라온다. 뒤늦게 자신에게 털 알레르기가 있다는 걸 알게 된 사람들은 어떤 선택을 할까. 대부분의 고양이 집사들은 그대로 고양이와 함께하는 삶을 택한다. 알레르기 증상을 완화시키기 위해 약을 먹고, 쉬지 않고 청소를 하며, 직접 고양이 털을 미는 번거로움을 감수하면서까지. 네(고양이)가 무슨 죄냐, 알레르기를 가진 나(집사)의 죄지!

털 알레르기를 가진 집사가 있다면, 나는 비염이 있는 수영인이다. 수영을 하지 않더라도 평소 비염을 앓고 있다면 일상생활에 불편함을 느낄 것이다. 콧물과 재채기를 달고 살고, 숨 쉬는 게 원활하지 않으니 밤잠을 설치는 일도 많다. 나의 경우 간절기마다 콧물이 가끔 흐르긴 했지만, 비염이 이렇게까지 심해질 수 있다는 건 수영을 하고 처음 알게 되었다. 콧물이 줄줄 흐르다 못해 막혀서 숨을 제대로 못 쉬고, 온종일 재채기에 눈까지 가려웠다. 아무래도 수영장의 차가운 염소물에 영향을 받아 온도 변화에 민감한 비염 증상이 더 심해진 것이겠지만, 비염 따위가 나의 수영 열정을 막을 순 없지.

수영을 하고 싶은 욕구가 비염 증상으로 인한 괴로움을 늘 앞섰기에 나는 비염이 심해지지 않도록 내가 할 수 있는 것들을 하기 시작했다. 수영을 하고 난 뒤에는 꼭 식염수로 코 세척을 하고, 심할 땐 약을 먹거나 안약을 넣는다. 좋아하는 마음이 커지면 수고스러운 일도 마다하지 않고 하게 되나 보다. 이건 비염을 가진 나의 죄지, 수영에는 죄가 없다. 사랑스러운 고양이를 위해 털 알레르기를 감수하는 집사의 마음처럼 나도 기꺼이 수영과 함께하는 삶을 선택하기로 했다.

훌쩍!

오늘의
컨디션

그런 날이 있다. 컨디션이 너무 좋아 뭐든 해낼 수 있을 것만 같은 날.

헬스장에서 운동을 시작할 때 가벼운 유산소 운동으로 천천히 몸을 풀어 주듯이 수영도 본격적인 수업에 앞서 느리게 레인을 몇 바퀴 돌며 몸을 예열해 준다. 이것을 '웜업'이라고 한다. 웜업으로 첫 바퀴를 도는 순간 느낌이 온다.

'오늘 컨디션이 좋다!'

물속에서 휘젓는 팔다리의 감각이 다르고, 평소보다 몇 바퀴를 더 돌아도 몸이 가볍게 느껴진다. 그야말로 에너지가 넘친다. 평소 멀게만 느껴지던 앞 순번 사람을 추월하기도 한다. 그런 모습을 본 선생님의 질문을 우스갯소리로 받아치기도 하고.

"오늘 왜 그래요? 힘이 넘치잖아요!"

"어제 장어 먹었거든요. 하핫!"

그렇다. 수영에는 '오늘의 컨디션'이 있다. 몸이 무척 가볍고 지치지 않는 날이 있는가 하면, 또 어느 날은 유독 몸이 무거운 날이 있다. 몸이 무거운 날은 평소의 운동량을 채우지 못한 채 일찍 퍼져 버리기 일쑤다. 아이러니한 건 오늘 컨디션이 좋아도 내일의 컨디션은 어떨지 알 수 없다는 것이다. 일희일비도 아니고, 어디에서 컨디션의 영향을 받는 건지 원인을 찾고 싶어서 나는 컨디션이 좋은 날과 좋지 않은 날에 기록을 하기 시작했다. 기록들을 모아 분류하고 보니, 좋은 날과 안 좋은 날은 이렇게 나뉘었다.

컨디션이 좋은 날

- 충분한 수면
- 균형 잡힌 식사(+스태미나에 좋은 영양가 높은 음식)
- 수업 전 충분한 스트레칭
- 생리 기간이 끝난 후

컨디션이 안 좋은 날

- 수면 부족
- 불균형한 식사(+영양가 없는 음식)
- 지각으로 인해 스트레칭을 건너뛰었을 때
- 생리가 다가올 때(배란기)
- 식사 후 충분히 소화되지 않았을 때

어느 한 가지 요소가 컨디션을 좌우하는 원인이 아니었다. 사소한 습관들이 쌓여 한쪽으로 치우쳐졌을 때 컨디션이 좋아지기도, 나빠지기도 했다. 사람마다 원인은 다를 것이다. 운동하는 사람에게는, 적어도 나의 경우에는 컨디션이 운동의 질을 결정하는 중요한 요인이 되었다. 만약 나처럼 몸 상태를 점검하고 싶다면, 유독 몸이 가볍거나 무거운 날 일기를 쓰듯이 기록하는 것이 도움이 된다. 거창하게 할 필요 없이 간단하게 키워드만 적어 두어도 좋다. 원인을 알면 컨디션을 유지하기 위한 각자의 방법을 찾을 수 있다.

처음에는 컨디션이 안 좋은 이유도 모르고 수영을 하다가 자책하는 날이 많았다. 발전이 없는 것 같고 뭔가 풀리지 않는 느낌에 답답했다. 사실은 그저 그날의 컨디션이 좋지 않았을 뿐이었는데. 냉정하게 말하면 컨디션도 실력이다. 그렇기 때문에 나는 지금보다 더 잘할 수 있다! 작은 생활 습관만 잘 지킨다면 말이다.

이제는 컨디션이 안 좋은 날에는 자책하기보단 몸 상태가 좋지 않음을 받아들이고 평소보다 운동량을 줄인다. 컨디션을 파악하는 일은 좋은 컨디션을 유지하기 위한 목적도 있지만, 내 몸의 상태를 파악하고 그에 맞추어 운동량을 조절하기 위함도 있으니까. 대신 컨디션이 좋은 날은 마음껏 즐기자. 무엇이든 해낼 수 있을 것 같은 마음으로.

유독 컨디션이 좋은 날이 있다.
!

이런 날은 몸이 가볍고 쉽게 지치지 않는다.
굿♥

오늘 왜 이렇게 빨라요?
휙
(앞사람)
글쎄요. 아마도…

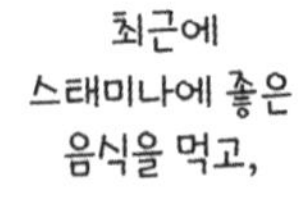

[컨디션 체크리스트]

✔ 영양가 높은 음식

✔ 질 좋은 수면

✔ 충분한 스트레칭

✔ 생리 끝난 후

오늘 컨디션이 좋아도

내일의 컨디션은 알 수 없다.

2

이제는 어엿한 수영인입니다

내 안의
화려함

"정말 네가 이런 걸 입는다고?"

가끔 인스타그램에 수영복 사진을 올리면 친구들이 깜짝 놀란다. 그도 그럴 것이 평소 내 스타일에 비해 수영복이 지나치게 화려하기 때문이다. 나의 일상복은 티셔츠에 청바지, 운동화로 편하지만 조금 밋밋한 스타일이 대부분이다. 그런데 이상하게 수영복만큼은 화려한 디자인을 선호한다. 물론 처음부터 이랬던 것은 아니다.

내가 처음 산 수영복은 아레나 3종 세트였다. 수영을 시작하기 전 유일하게 아는 수영복 브랜드였던 아레나 매장에서 무채색의 수모, 수경, 수영복을 한 번에 구매했다. 원래 무채색 옷을 즐겨 입기도 하고 수영장에선 최대한 사람들 눈에 띄고 싶지 않은 마음이 컸었다. 몸에 타이트한 것도 싫어해서 편안한 핏의 L(라지) 사이즈를 샀더니, 수영을 할 때마다 물이 가슴 앞섶으로 들어와 다리 사이를 통과하며 수영복이 한없이 펄럭거렸다. 사이즈를 잘못 샀던 것이다. 수영을 할 때는 팔다리를 휘저으며 격한 움직임이 동반되기 때문에 수영복은 몸을 단단히 잡아 줄 수 있도록 타이트하게 입어야 한다는 사실을 뒤늦게 알게 되었다.

아무 정보 없이 매장에서 바로 수영복을 구매해 버린 과거의 나를 반성하며, 두 번째 수영복은 나름 철저하게 인터넷으로 검색을 한 후 '탄탄이 수영복'으로 선택했다. 폴리에스테르 100% 소재로 만들어진 '탄탄이 수영복'은 이름처럼 쉽게 늘어나지 않았고, 초·중급반 시절을 거뜬히 버텨 주었다. 이때까지만 해도 수영복은 무난한 스타일이었다.

숨쉬기부터 시작한 수영이 어느덧 접영까지 도달하고, 포기하지 않고 운동을 해 온 나에게 선물을 주기 위해 평소 선망해 오던 화려한 수영복에 도전하기로 했다. 상급반이 된 기념으로 내가 고른 수영복은 형광 핫핑크 수영복이었다. 그동안 검정, 네이비와 같은 무채색 수영복만 입던 것에 비하면 꽤 파격적인 선택이었다.

'뭐 어때, 남들도 다 입어!'

지금까지 경험한 바로는 내가 무얼 입어도 아무도 신경 쓰지 않는다는 걸 알고 있지만, 사람은 쉽게 바뀌지 않는다고 했던가. 호기롭게 구매했던 것과 다르게 도저히 핫핑크 수영복을 수영장에 입고 갈 용기가 생기지 않았다. 익숙하지 않을 뿐이라고, 자주 보면 익숙해지지 않을까 싶어 수영복을 벽에 걸어 두고 매일 보곤 했다. 그렇게 쳐다만 보다 두 달이 흘렀고, 나는 입을까 말까를 고민만 하는 스스로에게 점점 질려 가고 있었다. 그러다 일단 자유 수영을 가면 아는 사람이 없으니 괜찮지 않을까 싶어 용기 내 한번 입어 보기로 했다. 그런데 의외의 반응이 돌아왔다.

"아가씨, 수영복 어디 거야?"

"나도 이런 거 찾고 있었는데, 너무 예쁘다~"

수영장에서 모르는 아주머니들이 계속 말을 걸어온 것이다! 왠지 신이 나서 브랜드부터 구매 방법까지 열심히 설명해 주었다. 조금 쑥쓰러웠지만 아주머니들의 관심과 칭찬 덕분에 자신감이 생겼다.

그 후로 수영복 입는 재미에 빠져 다양한 스타일을 입어 보았다. 수영복을 하나씩 사 모으면서 내가 무지보다는 패턴을, 무채색보다는 형광색 수영복을 선호한다는 걸 알게 되었다. 수영을 하지 않았더라면 나에게 이런 화려한 취향이 있다는 걸 알 수 있었을까? 늦게 배운 도둑질에 날 새는 줄 모른다더니, 수영의 재미와 수영복을 하나씩 모으는 재미에 푹 빠져 버렸다. 치료는 오직 구매뿐. 이미 많아진 수영복을 다 입어 보기 전까지 당분간은 수영을 그만둘 수 없다.

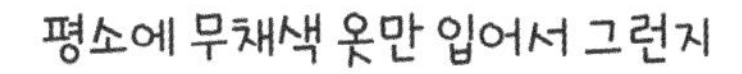

처음에 산 수영복은 모두 어두운색이었다.

상급반이 된 지금…

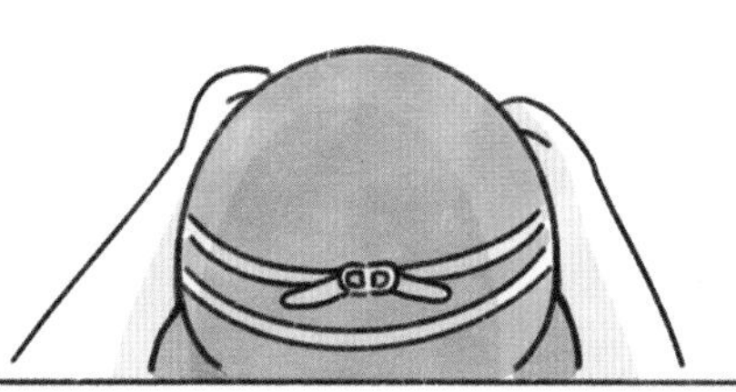

누구보다 화려한 수영인으로 성장!
따
란

수영을 하기 전엔 내가 이렇게 화려한 걸
좋아하는지 몰랐다.
패턴
꽃무늬
엉덩이 끈
형광색

여전히 일상복은 차분하지만
조금씩 컬러풀해지는 중…♥

수영 부스터

~~~~~~ 회사에 늦었는데 환승역까지 거리가 까마득히 멀 때, 마음만 급하고 걷는 속도는 점점 느려질 때 답답했던 기억, 누구나 한 번쯤 있을 것이다. 그럴 때마다 신발에 부스터가 달렸으면 좋겠다는 상상을 했었다. 초등학생 때 유행했던 가수 세븐의 바퀴 달린 신발 같은 것 말이다. (잠깐, 나이 추측은 멈추시오!) 지금은 늦더라도 차마 바퀴 달린 신발을 신을 용기는 없지만.
~~~~~~

일상에서 부스터 신발을 신는 건 상상만 할 수 있지만, 수영장에서는 충분히 가능하다. 바로 수영 부스터, 오리발이 있으니 말이다! 오리발은 고무로 된 오리발 모양의 수영 도구로, 신으면 발에 물갈퀴가 달린 것처럼 빠르게 나아갈 수 있다. 오리발 종류는 길이가 긴 롱핀과 짧은 숏핀이 있는데, 나의 경우 오리발을 처음 배울 때는 오리발이 주는 속도의 쾌감이 좋아서 롱핀을 사용했지만, 지금은 속도의 즐거움보다 훈련 목적으로 숏핀을 사용한다. 롱핀과 비교했을 때 속도는 떨어지지만 오리발 감각을 느끼면서 강화 훈련을 하기에는 숏핀이 적합하다. 길이가 짧은 만큼 무게도 가벼워 무릎과 발목에 무리가 덜 간다는 장점이 있다. 수영 강습에서도 숏핀을 선호하는 추세다.

보통 네 가지 영법을 모두 배우면 선생님이 오리발을 준비시킨다. 처음 오리발을 신고 수영했을 땐 내 속도를 감당하기 힘들었다. 배영을 할 땐 멈출 타이밍에 속도가 붙어서 그대로 벽에 머리가 부딪치기도 하고, 강해진 물살에 코로 물이 밀려 들어와서 물을 많이 먹었다. 그런데 접영을 할 땐 신세계였다. 매번 물에 빠진 사람처럼 '살려 줘, 접영'을 구사하던 것과 달리 오리발을 신으면 꽤 그럴싸한 접영으로 헤엄칠 수 있었다. 그렇게 점점 오리발에 적응할수록 그 매력에 푹 빠져서 수영을 할 때 한시라도 오리발을 벗고 싶지 않았다. 오리발과 함께할 때의 수영의 쾌감은 느껴 본 자만이 알 수 있다. 그래서 일주일에 단 하루밖에 없는 '오리발 데이'를 매일 기다렸다. 이름부터 귀여운 나의 오리발 데이.

그런데 한 가지 주의점이 있다. 바로 오리발을 벗었을 때 역 체감이 심하다는 것이다. 맨발로 수영하는 것이 원래 기본 상태인데도 뭔가 다운그레이드된 것 같은 느낌을 지울 수 없다. 몸이 돌처럼 무겁고 아무리 팔다리를 저어도 앞으로 나가지 않는 느낌이 든다. 맨발 수영에서 매번 좌절감을 느끼지 않으려면 훈련을 통해 오리발과 맨발 수영 사이의 간극을 좁혀 나가야 한다.

이상하게 나는 오리발을 착용하면 남들보다 속도가

배는 빨라졌다. 처음에는 남들보다 오리발 효과가 좋다는 사실에 그저 즐겁기만 했는데 나중에 이유를 알고서는 조금 부끄러웠다. 맨발로 수영할 때 킥이 약하기 때문에 오리발을 신으면 그 부분이 보완되어 오리발을 신었을 때와 벗었을 때 실력 차이가 크게 나는 거라고 선생님이 알려 주었다. 그러니까 한마디로 오리발 없이는 형편없는 발차기라는 말이다. 반대로 생각하면 킥만 보충되어도 수영 실력이 훨씬 좋아질 수 있다는 말이기도 하다.

원인을 알고부터 나는 시간이 날 때마다 하체 훈련을 하기 시작했다. 자유 수영 시간에는 킥판 발차기를 연습하고, 집에서는 스쿼트나 런지 같은 하체 단련 운동을 했다. 결과는 당연히 좋아질 수밖에 없다.

지금도 가끔 오리발을 벗은 직후 내 수영 실력이 초라하게 느껴지기도 하지만, 부족한 부분을 연습하다 보면 언젠가 오리발을 신지 않아도 멋지게 영법을 구사하는 날이 오지 않을까. 부스터는 달콤하지만, 역시 영법의 완성은 오로지 내 힘으로 해내고 싶다.

롱핀은

속도의 쾌감을 느낄 수 있고

숏핀은
불타는 허벅지를 경험할 수 있다.

수영 친구

수영장에서 만난 사람과는 아주 빠르게 친해진다. 내향적이고 낯가림이 심한 나조차도 이상하게 수영장에서 만나는 사람에게는 전혀 거리낌이 없다. 인사도 먼저 건네고, 수영복 어깨끈이 꼬여 있으면 선뜻 다가가 풀어 주기도 한다. 낯가림이 심해 식당에서 주문하는 것도 버거워하는 평소의 내 모습과는 아주 대조적이다. 신기하다. 수영장 물에는 친화력을 높이는 성분이라도 들어 있는 걸까? 왜 수영장에서는 낯선 사람들이 불편하지 않을까?

예전에는 이유 없이 그저 사람을 좋아하던 때도 있었다.

"여기가 학교인 줄 알아? 내가 네 친구야?"

첫 회사에서 상사로부터 들었던 말이다. 그때는 사회생활 레벨이 1이라 전혀 몰랐다. 아무리 사람을 좋아해도 회사에서의 인간관계는 선을 지켜야 한다는 걸. 눈치 없는 신입 사원은 그 선의 경계를 몸으로 부딪혀 가며 배울 수밖에 없었다. 그러다 보니 어느샌가부터 사람을 대할 때 말과 행동을 조심하며 머릿속으로 끊임없이 자기 검열을 하게 되었다.

그런데 수영장에서는 모든 게 무장 해제가 된다. 수영장에선 무거운 겉옷을 벗고 수영복을 입는다. 화장을 지우고 머리카락은 한 올도 남기지 않고 고이 모아 수모 안으로 넣는다. 최소한의 것만 입은 채 사람을 마주한다.

게다가 운동하느라 콧물, 눈물, 땀까지 흘리며 정상적인 모습인 경우가 잘 없다. 아마 이곳에서 체면을 차리는 일은 불가능할 것이다. 회사에서처럼 나이가 경력을 말하지도 않는다. 선수 출신 중학생이 있는가 하면, 퇴직 후 수영을 시작한 어르신도 있다. 그저 수영을 잘하는 순서대로 서서 수영을 한다. 매일 조금씩 성장해 가는 모습을 서로 확인하며 물속에서 함께 운동을 해서 그런지 남녀노소 할 것 없이 금방 친밀감이 생긴다. 언제나 머리로 거리감을 계산하기 전에 마음이 먼저 가까워져 있었다.

수영 친구가 있으면 가장 좋은 점은 함께 수영 이야기를 할 수 있다는 것이다. 수영 안 하는 사람에게 오늘 물 잡는 감각이 좋았다든가 신상 수영복이 나왔다는 얘기를 해 봤자 '지금 뭔 소리 하는 거야?' 같은 김 빠지는 반응만 돌아올 뿐이다. 오로지 수영인들끼리 통하는 주제가 있다. 수영 친구와 함께 나누는 수영 대화만큼 재밌는 것도 없고.

수영 친구를 만들고 싶다면 수업 후 회식에 참여하거나 다니는 수영장의 커뮤니티에 가입하는 것을 추천한다. 꾸준히 수업만 잘 나가도 분명 누군가 다가와 줄 테지만 가끔은 먼저 용기 내 다가가 보는 것도 좋다. 수영인을 싫어하는 수영인은 없으니까.

[수영 친구 만드는 법]

① 새 수영복을 입는다.
어디 거예요?
잘 어울린다~

② 수영복을 안 가져간다.
이거 입을래요?
감사합니다.
사물함 이용자
이게 가능해?
(실화)

③ 수영을 잘한다.
어떻게 했어요?
이렇게 해 보세요!
열심히 설명 중

④ 수영을 못한다.
우리는 뒤에서 천천히 가요!
소근
네!
(뒷자리 동지)

⑤ 수영을 자주 빠진다.
잘 지냈어요?
헤헤
?
물이 그리웠지?
수영복 또 샀네~

⑥ 수영을 잘 나간다.
...

이건 말할 것도 없죠?

응원하는 마음

~~~~~~ 처음 초급반 수업을 받을 때만 해도 우리 반의 회원 수는 분명 스무 명이 넘었는데, 접영까지 진도가 나갔을 즘에는 모두가 떠나고 나 혼자만 남았다. 어찌 됐든 수영장 입장에서는 한 명으로는 반을 유지할 수 없기 때문에 나는 조금 이르게 상급반으로 올라갔다. 그렇게 내가 가게 된 반은 30년 전 수영장이 설립될 때부터 수영장을 다닌, 평균 연령 60대가 훌쩍 넘는 일명 '원년 멤버'로 구성된 상급반이었다.
~~~~~~

“젊은이는 유연해서 되지만 우리는 나이가 많아서 안 돼.”

어르신들은 쉬는 시간마다 농담처럼 죽는소리를 했지만, 막상 수업이 시작되면 눈빛이 달라졌다. 아무렇지 않게 접영으로 몇 바퀴를 도는 어르신들을 좇아가는 일은 나에게 무리였다. 맨 뒤에서 아무리 애를 써도 한 바퀴 이상 차이가 벌어져 선두의 손끝이 내 발끝에 닿곤 했다. 그때마다 몇 번이고 그만두고 싶었지만, 한편으로는 오기가 생겼다.

‘내가 따라가고 만다!’

평소라면 조금만 힘들어도 진즉에 그만두었을 텐데 이번에는 그러고 싶지 않았다. 살면서 처음으로 좋아하는 운동이 생겼는데 이대로 그만두기에는 너무 아까웠다. 혼자 뒤처지는 것에 대한 수치심과 수영에 대한 흥미 사이에서 혼란스러워하며 어영부영 한 달을 버텨 내니 벌어진 사이가 반 바퀴로 좁혀지고, 두 달을 버티니 겨우 그들의 행렬에 맞추어 헤엄칠 수 있었다.

게다가 상급반 어르신들은 나이가 한참 어린 나를

굉장히 챙겼다. 혼자 살아서 걱정이라며 김장 김치를 챙겨 주기도 하고, 회식을 해도 내게는 회비를 받지 않았다. 바빠서 수영장에 못 나오면 왜 안 나왔냐고 애교 섞인 핀잔을 주기도 하고, 작은 것만 해내도 칭찬을 아끼지 않았다.

가족이 아닌 누군가에게 이렇게 애정 어린 아이 취급을 받은 적이 있던가. 적어도 어느 정도 어른 티가 난 후부터는 경험해 보지 못한 굉장히 낯선 경험임은 분명했다. 내면은 여전히 자라지 못한 아이 같을지라도 외형만큼은 사회의 풍파를 겪어 낸 어른의 모습을 하고 있기 때문이다. 그런데 우리 반에서 나이가 제일 어리다는 이유만으로 이렇게 관심과 사랑을 받아도 되는 건지, 때로는 갚지 못할 빚을 지는 기분이 들었다.

시간이 흘러 지금은 다른 수영장을 다니고 있지만, 어느덧 나는 30대가 되었고 여전히 수영을 하고 있다. 우리 반에도 20대 젊은이가 있다. 수영을 배워 가는 재미에 빠진 그녀의 눈빛은 반짝반짝 빛이 난다. 가끔 "저만 못하는 거 같아요. 왜 이렇게 힘들죠?"라며 아직 체력이 달려 뒤처질 때마다 속상해하는 그녀를 보면 이따금 처음 다녔던 그때의 상급반이 떠오른다. 이제는 안다. 상급반 고인물들은 먼저 들어왔을 뿐이지, 모두가 수영을 잘하는 건 아니라는걸. 하지만 이제 막 상급반에 들어온 사람의 눈에는 모두가 엄청난 실력자에 체력 괴물로 보인다. 내 눈에는 그녀가 우리 반 누구보다 자세가 바르고 유연성이 탁월해 보이지만. 아직은 따라가기 버거워 본인의 장점이 보이지 않을 뿐 시간이 지나 적응하면 자연스럽게 알게 될 것이다. 그 과정을 모두 겪은 입장에서 바라보면 그저 응원하고 싶은 마음이 생긴다.

'조금만 더 버텨요! 지금 너무 잘하고 있어요!'

항상 나를 아이 대하듯 칭찬과 우쭈쭈를 아끼지 않았던 어르신들의 마음을 이제는 조금 알 것 같다.

상급반에 새로운 회원이 왔다.
상큼
안녕하세요!
(중급반에서 막 올라왔다.)

늘 뒤에 서려고 하지만,
먼저 가세요.
그려~

누구보다 자세가 좋다.
(강사)
저분처럼
발차기 하세요.
네…

아직은 체력이 달려
힘들어하는
모습을 보니
왜 저만
힘든 거 같죠?

처음 상급반에 왔을 때가 생각났다.
?!
꼬집!
너무
잘한다!
어르신들이 많이 응원(?)해 줬었는데….

이제는 내 차례가 온 것이다.
너무 잘하고
있어요!
척!
정말요?
볼은
꼬집지
말자…

먼저
가세요

수영 수업을 받을 때 줄 서는 순서는 대게 실력으로 정해진다. 처음에는 서로 실력을 모르기 때문에 무작위로 서서 수영을 하지만, 수업을 하다 보면 빠른 사람은 앞으로, 힘들고 느린 사람은 뒤로 가며 자연스럽게 순서가 정해진다. 그런데 상급반에 올라온 첫날, 내 실력과는 무관하게 젊다는 이유만으로 선두에 서게 되었다.

"젊은 사람이 앞에 서야지!"

하지만 나는 수업 내내 레인 끝에 서서 끊임없이 외쳐야만 했다.

"먼저 가세요!"

앞사람이 너무 빨라서 내 실력으로는 쫓아갈 수 없다면 다시 자리를 정리해야 한다. 턴 구간에 잠시 멈춰 서서 뒷사람에게 먼저 가라는 사인을 보내고, 그 사람의 자리에서 수영을 한다. 또 따라잡히면 다음 사람의 자리로, 또 따라잡히면 더 뒤로… 그렇게 한없이 뒤로 가다가 수업이 끝날 즘에는 결국 맨 뒷자리까지 가게 되었다. 지금 생각해 보면 일종의 상급반 신고식이 아니었을까(젊은 사람이 무조건 체력이 좋을 거란 편견이 나로 인해 깨어졌기를…).

수영에서 줄 서는 순서가 중요한 이유가 있다. 앞사람이 빨라서 따라가지 못하는 상황도 난감하지만 반대의 경우도 마찬가지다. 앞사람이 나보다 느리게 수영을 하면 나도 그 속도에 맞춰 느리게 수영할 수밖에 없는데, 그러면 뒷사람이 빨리 가라고 내 발끝을 치는 상황이 생긴다. 앞으로 가지도 못하고 뒤로도 막혀 있는 일명 '샌드위치' 현상이다. 그럴 때는 앞사람에게 조심스럽게 양해를 구하며 "먼저 갈게요"라고 말해야 한다.

간혹 순서가 밀려나는 것에 거부감을 느끼고 버티는 사람도 있다. 하지만 그것도 한두 번이지 계속해서 정체 현상이 생기면 내가 애써 말하지 않아도 강사님이 지켜보다 알아서 순서를 조율해 준다. 그렇게 엎치락뒤치락하다 보면 계속 서게 되는 자리가 있는데, 거기가 바로 현재 나의 위치다.

수영에서 빠르고 느리고는 중요하지 않다지만, 역시 "먼저 가세요"는 말하는 쪽보다는 듣는 쪽이 기분은 좋다.

[내가 말할 때]

특징: 왠지 쭈굴해짐

[누군가 나에게 말할 때]

특징: 어쩐지 자신감 넘침(;;)

로테이션 기간

수영장은 6개월에서 1년마다 강사가 바뀌는 '로테이션' 기간이 있다. 정들었던 강사가 바뀌는 건 늘 아쉽지만 로테이션을 통해 다양한 스타일의 수업을 경험할 수 있다는 건 반가운 일이다. 우리 반에도 어김없이 로테이션 기간이 찾아왔다. 강사가 바뀐다는 소식에 수영장 사정을 속속들이 꿰고 있는 회원들의 수군거림이 들리기 시작했다.

'새벽반에 있던 선수 출신 강사가 온다더라~'

'키 크고 잘생긴 남자 선생님이 우리 반으로 왔으면 좋겠다!'

'농땡이 잘 치는 사람이 온다던데….'

마치 새 학기가 시작되면 새로운 담임 선생님을 기다리는 학생들처럼 한동안 반 분위기가 들떠 있다. 강사마다 수업을 가르치는 스타일이 다르고, 회원들도 저마다 원하는 수업 방식이 다르기 때문에 관심이 집중되는 건 당연한 일이다.

이번에 우리 반으로 배정된 강사는 수업에 열정적인 타입이었다. 수업이 시작되자마자 모든 회원의 이름을 외우고 개인마다 영법 상태를 하나하나 체크해 주었다. 족집게 같은 지적에 여기저기서 감탄이 터져 나왔다. 나 역시 직감적으로 '인생 강사'를 만났다는 걸 알았다. 선생님은 매 수업 자세 교정을 위한 체계적인 프로그램을 짜 와 모두가 볼 수 있게 벽에 붙여 두었다. 수영을 배우면서 이런 적은 처음이었다. 그동안 목적도 모른 채 시키는 대로 동작을 따라 하기에 급급했는데, 전체적인 수업 내용을 먼저 파악하고 수영을 하니 동작에 대한 이해도가 훨씬 높아졌다.

수영을 하다 보면 사람마다 잘못된 습관 한둘쯤은 가지고 있는데, 한번 고착된 자세는 교정하기가 무척 힘들다. 나도 내 자유형 자세가 좋지 않다는 걸 알고 있었지만 쉽사리 고치지 못했다. 처음에는 의식하며 바른 자세로 수영을 하더라도, 조금만 힘들어지면 본능적으로 몸이 편한 자세로 돌아와 버리기 때문이다. 어느 순간부터 자유형으로 뒤처질 때마다 '난 원래 자유형은 잘 못하잖아'라며 자포자기했다.

그런데 강사님은 포기하지 않았다. 매번 끈기 있게 잘못된 자세를 인지시켜 주고 구체적인 교정 방법을 제시해 주었다. 수영은 꽤 정직한 운동이어서 매일 반복해 잘못된 습관을 교정하자 자세가 좋아지기 시작했다. 불필요한 동작이 사라지고 평소보다 적은 힘으로 훨씬 멀리 갈 수 있게 된 것이다. 그러자 자유형만 하면 항상 뒤처지던 상황도 없어졌다. 조금만 노력하면 되는데 늘 하던 대로 수영하는 게 익숙해져서 더 나아지려는 마음을 잊고 지냈었다는 걸 깨달았다. 나와 잘 맞는 강사를 만나면 어디까지 실력이 향상될 수 있고, 또 수업이 얼마나 즐거워질 수 있는지 알게 된다. 그리고 그것이 얼마나 행운인지도.

시간이 지나 강사가 바뀔 때쯤 우리 반 회원 중 누군가가 말했다. 그동안 교정 위주로 수업을 해서 운동량이 적어 아쉬웠다고. 그 말을 듣고 조금 놀랐다. 나에게 최고의 수업이 누군가에게는 아쉬운 수업이 될 수 있구나. 세상에 모두를 만족시키는 수업은 존재하지 않을지도 모른다. 이번에는 나에게 꼭 맞는 강사가 왔듯이 어쩌면 다음에는 그분에게 맞는 인생 강사가 올 수도 있지 않을까.

① 수영 강사

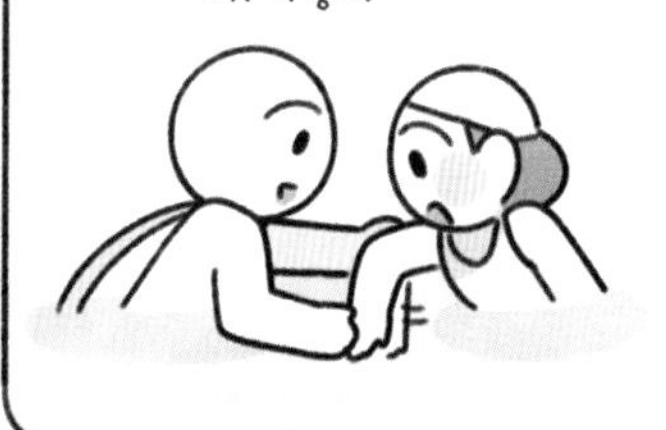

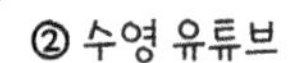

- 배움의 비중이 가장 높다.
- 즉각적인 피드백이 가능하다.
- 출석만 잘 해도 무난하게 수영을 익힐 수 있다.

② 수영 유튜브

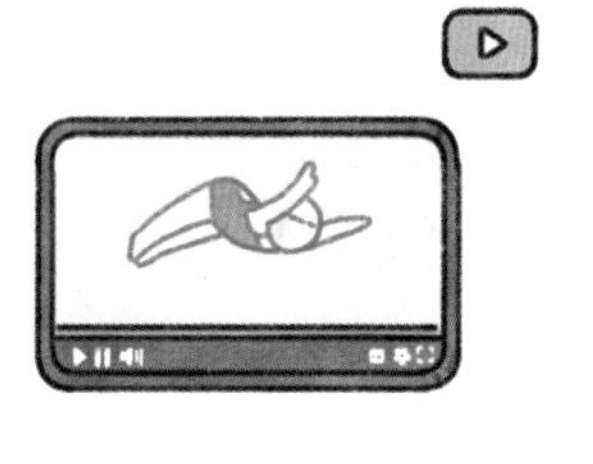

- 간단한 검색으로 원하는 정보를 손쉽게 얻을 수 있다.
- 장소와 시간의 제약 없이 시청이 가능하다.

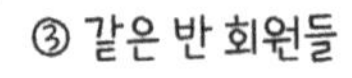

③ 같은 반 회원들

- 수영은 스스로 수영하는 모습을 볼 수 없다. 같은 반 회원들과 서로 피드백을 나누면 도움이 많이 된다.

④ 수영 관련 콘텐츠

- 수영의 세계를 더 깊이 알 수 있다.
- 동기 부여가 된다.
- 영감을 얻는다.

배운다는 건 참 즐거워!

수영장 텃세

'떡값 거부하자 살벌한 텃세가 돌아왔다.'

매년 명절이 다가올 때마다 수영장 텃세에 관련된 기사가 올라온다. 기사는 '떡값'을 내지 않았다고 같은 반 회원을 고의적으로 밀치거나 발로 차는 등 텃세를 부리며 괴롭힌다는 내용이다.

'떡값'이란 '명절에 떡이라도 해 드세요'라는 의미로 같은 반 회원들이 명절마다 1만 원에서 2만 원씩 모아 강사님께 감사함을 전하는 수영장의 오래된 관습이다. 요즘은 수영장에서 이런 문화를 금지시키는 곳도 많지만 아직까지 남아 있는 것은 분명하다.

반에는 공식적 혹은 비공식적인 반장 같은 존재가 있는데, 주로 떡값을 모으거나 회식을 주최하는 등 반의 분위기를 주도한다. 처음 다닌 수영장에서 반장이 떡값을 요구했을 때만 해도 '강사님에게 늘 고마웠는데 이왕이면 같이 전하면 좋지' 하며 그저 가볍게 생각했다.

그런데 문제는 한두 번이 아니라는 거였다. 설날, 추석, 스승의 날, 생일… 심지어 강사님의 여름휴가 보너스까지 걷으려고 했다. 그 당시 나는 회사를 그만두고 아르바이트를 하던 터라 주머니 사정이 여유롭지 못했다. 사설 수영장이라 수영 회비도 비싼 편이었는데, 왜 내가 선생님 휴가비까지 드려야 하는지, 계속되는 수금에 부담감이 커지다 결국에는 폭발하고 말았다.

"저 안 낼래요."

반장은 예상했다는 듯이 심드렁하게 대답했다.

"다 내는 건데, 그럼 혼자 안 낼 거야?"

하지만 잃을 게 없는 자는 용감해진다.

"저 회사도 안 다니고 있고요. 솔직히 쌤이 저보다 잘 벌어요. 저 돈 없어요."

지금 생각하면 무슨 용기로 이런 말을 했는지 모르겠다.

"그래, 막내는 내지 마. 이런 건 우리나 하는 거지."

지켜보던 같은 반 어르신들이 옹호해 주셔서 나는 떡값에서 해방될 수 있었지만, 그 후로 반장과는 조금 어색해졌다.

대부분의 떡값 요구는 의논이 아닌 일방적인 통보인 경우가 많다. 좋은 의미로 시작했더라도 강요가 되어서는 안 된다. 게다가 본인의 뜻에 따르지 않는다고 같은 반 회원을 괴롭히는 행위는 절대 있어서는 안 된다. 지금 다니는 수영장은 돈 봉투를 건네는 행위를 철저하게 금지하고 있다. 강사에게 감사함을 표현하고 싶다면 개인적으로 전하자. '감사'의 표현은 각자 정하면 된다. 꼭 큰 비용을 들여 할 필요는 없다는 말이다. 감사하다는 말 한마디가 될 수도 있고, 간단한 간식을 드릴 수도 있다.

나는 수업을 하는 동안에는 별다른 선물을 하지 않고, 로테이션 기간이 되어 선생님이 바뀌기 전 마지막 수업에서 그동안 감사했다고 작은 선물과 카드를 건넨다. 수업을 전담하고 있을 땐 강사님도 괜히 신경 쓰일 수 있고, 같은 반 회원의 입장에서도 '나도 해야 하나?' 눈치 싸움을 하게 될까 걱정되어서다. 그렇다고 매번 선물을 하는 것도 아니다. 정답은 없다. 분명한 건 모든 것은 개인의 자유라는 것이다.

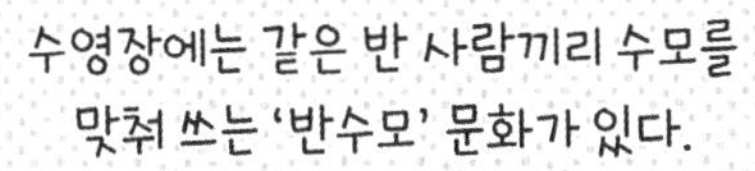

(반수모 여부는 반마다 다르다.)

네에…
헛!
좀
충격이지만
반수모가
내 스타일이
아니라서
괜찮아!

[한 달 뒤]
자.
반수모

사람들이 워낙
잘 그만둬서 말이야.
네…
여기!
그렇구나.
나쁜 뜻은
없었어.

반의 일원으로 받아들여진 순간,

기쁘면서도 어쩐지 고민이 늘었다.

함께하는 즐거움

결혼을 하고 이사를 하게 되면서 첫 수영장을 떠나게 되었다. 새로 다니게 된 수영장은 모든 게 낯설었다. 회원의 연령대가 높아 쉬엄쉬엄 놀면서 수영하던 기존 반과는 다르게 새로운 수영장 사람들은 주기적으로 대회도 나가고 달리기, 자전거 등 다양한 스포츠를 즐기는 찐 운동인들이 주를 이루었다. 수영장 사람들이 모여 활동하는 동호회도 따로 있었는데, 감사하게도 나에게 가입 제안을 해 주었다. 수영은 혼자 하는 운동이라고 생각했지만 다양한 정보를 얻을 수 있지 않을까 기대하며 용기를 내어 가입했다.

동호회에 들어간 효과는 대단했다. 가입하자마자 수영 대회를 나가게 된 것이다. 속도를 겨루는 대회라면 참가 조건도 안 되지만, 내가 나가게 된 대회는 여덟 명이 조를 이루어 오리발을 착용하고 정해진 시간 안에만 들어오면 되는 가벼운 친목 대회였다.

2km를 수영해야 하는 장거리 수영 대회였는데, 처음에는 그게 어느 정도 거리인지 가늠이 되지 않았다. 계산해 보니, 평소 다니는 25m 수영장을 쉬지 않고 40바퀴를 돌아야 하는 거리였다. 맙소사! 40바퀴라니… 나는 살면서 그렇게 긴 거리를 수영해 본 적이 없었다.

"괜찮아, 할 수 있어. 연습하면 다 돼."

동호회 회원들이 걱정하는 나를 다독여 주었지만 여전히 자신이 없었다. 내가 할 수 있다고 어떻게 확신하지? 나조차도 나를 믿을 수 없는데….

동호회 사람들은 대회까지 남은 시간 동안 주말마

다 수영장에 모여 장거리 연습을 했다. 본격적인 연습에 들어가기에 앞서 어떤 순서로 수영할지 순번을 정했다. 순서에 딱히 정해진 룰은 없지만, 선두와 후미에게만큼은 중요한 역할이 주어진다. 수업에서는 제일 빠른 사람이 선두에 서지만, 대회는 일명 '페이스메이커'들이 선두에 선다. 모두가 선두의 속도에 맞추어 수영을 하기 때문에 초반에 힘을 다 써서 후반에 지치면 안 되고, 또 너무 힘을 아꼈다가 나중에 아쉬움이 남아도 안 되었다. 그래서 팀원들의 상태를 체크하며 완급 조절이 가능한 사람이 선두를 맡는다. 후미에 선 사람은 팀원에게 문제가 없는지 전체적인 상황을 체크하고 뒤처지는 사람을 보조하는 역할을 맡는다.

어쩌다 보니 나는 두 번째 순서에 서게 되었다. 자신 없었지만 은연중에 오리발만 있으면 어떻게든 될 거라 믿었는데, 오히려 오리발을 신고 오랫동안 수영을 하면 발이 다 까진다는 새로운 사실만 확인했다. 얼굴은 터질 것처럼 뜨거워지고, 입으로 계속 호흡을 하다 보니 목이 마르고 따가웠다. 힘들어서 멈추고 싶던 순간도 있었지만 앞에서 끌어주고 뒤에서 따라오는 회원들이 있는 상황에서 나 혼자 멈춰 설 수는 없었다. 함께하는 힘이란 이런 걸까. 혼자였으면 절대 못 했을 2km를 처음으로 완주했다.

동호회 사람들은 이미 여러 차례 대회를 나간 경험으로 초심자가 모르는 팁들을 가득 알려 주었다.

"발이 까지면 핀 삭스를 신으면 돼요!"

"핀 서포트를 끼면 훨씬 안정적이에요."

"글라이딩을 최대한 활용해 체력을 아껴요."

혼자였다면 인터넷으로 검색하며 효율적인 방법을 찾을 때까지 이것저것 시도해야 했을 텐데, 옆에서 직접 실전 노하우를 들을 수 있다는 것이 동호회의 강한 이점이다.

첫 장거리 수영에 몸이 놀랐는지 혈뇨가 나왔다. 몸을 너무 혹사시킨 게 아닌가 하는 걱정도 들었지만, 머릿속에는 이미 나도 할 수 있다는 자신감이 가득 채워져 있었다.

'내 몸은 내가 걱정하는 것만큼 약하지 않아.'

대회 당일에는 꽤 덤덤했다. '내가 할 수 있을까?' 걱정하던 마음은 사라지고, 충분히 완주할 수 있다는 믿음이 자리 잡았다. 우리 팀은 기록에 연연해하지 않고 함께하는 그 순간을 마음껏 즐겼다. 그동안 대회는 빠른 사람들의 전유물이라고만 생각했는데, 그런 편견을 버리고 나니 나같이 느린 수영을 하는 사람도 즐길 수 있는 하나의 문화라는 걸 알게 되었다. 나는 얼마나 많은 편견을 안고 살아가고 있는 걸까. 앞으로의 인생은 편견을 부수는 과정을 얼마나 겪느냐에 달린 것 아닐까. 나와 어울리지 않을 줄 알았던 단체 생활에 한 걸음 내디뎠고 새로운 경험을 할 수 있었다. 이런 경험은 좀처럼 잘 없지만, 인생이 참 재밌다는 생각이 드는 순간이었다.

동호회에 가입하면
수영의 세계가 넓어진다.

한강의 물맛

서울에서 첫 직장을 구하면서 동시에 본격적인 서울살이가 시작되었다. 말로만 듣던 서울의 인구 밀도는 엄청났고, 지하철로 출퇴근하는 것만으로도 하루에 쓸 수 있는 에너지 총량의 절반이 소비되는 듯했다. 매일 사람들 사이에 끼여 시간이 지나가기만을 바라며 버티다 보면 가끔 지하철 창밖으로 한강이 보였다. 멍하니 한강을 바라보고 있자면 그 순간만큼은 숨이 트이는 느낌이 들었다. 출근길 아침 햇살을 머금은 한강 풍경은 드라마 속 주인공처럼 파이팅을 외치게 만들었고, 저녁의 깜깜한 한강을 보고 있자면 나의 어둠도 얼마든지 받아줄 것만 같았다. 매일 회사와 집만 반복해서 다니던 나에게 '지금 서울에서 일하고 있구나' 하는 실감이 드는 순간이기도 했다. 한강을 보며 위로도 받고 정이 많이 들었지만, 단언컨대 그 물속에서 헤엄치고 싶다는 생각은 단 한 번도 한 적이 없었다.

그런데 살다 보면 '절대 일어나지 않을 일' 따위는 없다. 결국에는 한강에서 수영을 하게 되었으니까. 내가 가입한 수영 동호회에서는 여름마다 한강 오픈워터 수영을 즐겼는데, 그 시즌의 동호회 사람들은 나와 눈이 마주칠 때마다 한강에 가자고 꼬드겼다.

"이번 주 주말은 나올 거지?"

"사실… 저는 한강 물이 조금 찝찝해요!"

내가 망설였던 가장 큰 이유는 한강의 수질 때문이었다. 한강 수영 제안에 가장 먼저 떠오른 것은 녹색의 불투명한 한강 물이었다. 한강을 바라보는 건 좋아하지만 물속에 들어가는 건 아예 다른 이야기다. 영화 〈괴물〉에서처럼 어느 타락한 연구원이 위험한 독극물을 한강으로 흘려 보냈을지도 모를 일이다. 물속에 뭐가 있을지 알게 뭐람!

"괜찮아, 다 똑같은 물이야. 생각보다 깨끗해."

물이 깨끗하다는 말을 믿었던 건 아니지만, 사실 '한강 수영은 어떨까?' 하는 작은 호기심이 들긴 했다. 어디선가 읽었던 문구가 생각났다. 할까 말까 고민될 땐 '하라!'

해 뜨기 전 어스름한 새벽, 동호회 사람들과 함께 잠실수중보에 도착했다. 잠실수중보는 한강의 수위를 일정하게 조절하는 수문으로, 이곳에서 수영이 가능하다. 이른 새벽이지만 꽤 많은 수영인이 모여 몸을 풀고 있었다. 따로 탈의실이 없어 옷 안에 미리 수영복을 입고 오고, 도착하면 겉옷을 벗고 수영복 위에 준비해 온 전신 슈트를 입는다. 한강에 들어가기 직전 준비 운동을 하면서도 얼떨떨했다. 정말 내가 한강에 들어간다고?

풍덩! 물은 가까이서 보아도 탁했다. 물속이 전혀 보이지 않았다. 음! 파! 음! 파! 행여라도 녹색 물이 입속으로 들어올까 봐 평소보다 힘차게 숨을 내뱉었다. 그런 노력에도 물에서는 비린내가 났고, 물 위로는 알 수 없는 거품이 떠다니고 있었다. 무엇보다 물속이 전혀 보이지 않는다는 점 때문에 긴장되어 수영하기가 쉽지 않았다. 하지만 인간은 적응의 동물이라고 했던가. 다리 중간을 건널 즘에는 후각이 마비되어 더 이상 비린내가 나지 않았고, 물속이 보이지 않아 두려웠던 것도 측면 호흡에서 전방 호흡으로 바꾸니 시야가 확보되면서 해결되었다. 다리 반대편에 도착했을 때쯤 서서히 해가 뜨면서 한강이 제대로 보이기 시작했다.

지금은 더 이상 서울에 살지 않아서 한동안 보지 못했던, 20대 시절 고군분투하며 매일 아침 출근 시간에 보았던 풍경이 거기 있었다. 야속하기도 하고, 홀가분하면서 어딘가 그립기도 한 복잡 미묘한 마음이 들었다. 서울 생활은 그저 힘들었던 기억뿐이라고 생각했는데, 나도 모르는 틈에 이제는 추억이 되었나 보다.

한강 수영은 물도 약간 찝찝하고 편의 시설도 없어 수영하기 좋은 환경이라고는 할 수 없지만, 서울 한가운데에서 도시를 바라보며 수영하는 낭만이 있다는 사실만큼은 부정할 수 없었다.

수영을 마치고 육지로 돌아와 편의점에 모여 다 함께 컵라면을 먹었다. 지금까지 한강에서 먹었던 라면 중에 제일 맛있었다.

[한강에서 수영하기]
① 옷 안에 수영복을 입는다.

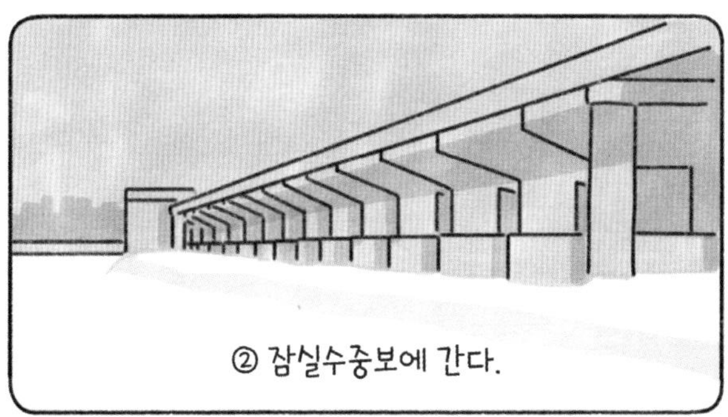
② 잠실수중보에 간다.

③ 도착하면 겉옷을 벗고 전신 슈트를 입는다.
끵끵
(장갑을 끼고 입으면 편하다.)

④ 준비 운동을 한다.
하나
둘
셋
넷

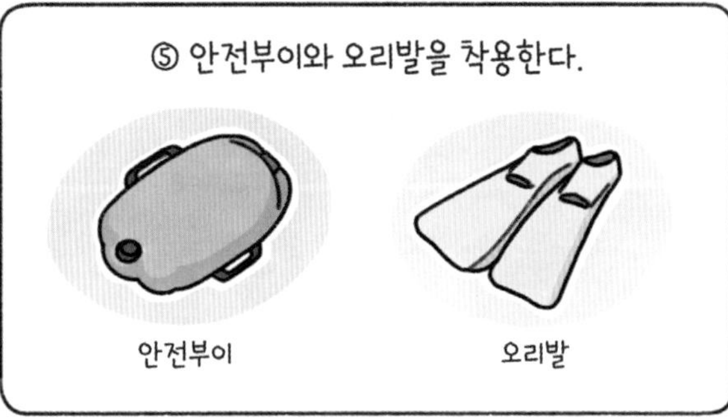
⑤ 안전부이와 오리발을 착용한다.
안전부이
오리발

⑥ 입수한다.
반드시
버디와 함께!
(경사가 있으니
뒷걸음으로!)

한강 물속에서 바라보는 서울은

꽤 낭만적이다.

수영인에게
주말이란

〰〰 주말이 되면 초조하다. 밀린 집안일을 하나씩 해치우면서 머릿속으로는 빠르게 수영장에 갈 수 있는 시간을 계산하고 있기 때문이다. 평일 내내 수영을 했으면서 주말에도 수영장에 간다고 하면 지인들은 깜짝 놀란다. '정말 수영에 미쳤구나' 하는 눈초리다. 그런 반응을 볼 때면 나도 나름 억울하다. 강습이랑 자유 수영은 다르다고!

수영장에 입장하는 방법은 두 가지가 있다. 수영 강

습을 신청해 자기 레벨에 맞는 수업을 듣는 것과 일일 입장권을 구매해 정해진 시간에 자유롭게 수영하는 것. 학생 때도 자율 학습에 굉장히 취약했던 나… 집중력이 약하고 의지 박약인 사람에게 자유가 주어지면 제대로 무언가 해내기 힘들다. 스스로 어떻게 해야 할지 몰라 고민만 하다 시간의 대부분을 써 버리기 때문이다. 그래서 난 강습이 무조건 좋았다. 일단 수업만 나가면 무엇을 해야 하는지 친절하게 알려 주는 선생님이 계시니까.

그런데 어느 순간 자유 수영에 푹 빠져 버렸다. 처음 자유 수영을 나가게 된 계기는 새 수영복을 개시하기 위해서였다. 매일 단색 수영복만 입다가 큰맘 먹고 화려한 수영복을 샀는데, 도무지 수업에는 입고 갈 엄두가 나지 않았다. 그러면서도 빨리 이 신상 수영복을 입어 보고 싶은 마음에 자유 수영이라도 가 보자는 생각이 들었던 것이다. 여행지에서 평소에 입지 않는 화려한 옷을 입듯 아무도 나를 모르는 자유 수영 시간에는 왠지 입을 용기가 생겼다. 그렇게 몇 번 나갔다가 자유 수영의 매력을 알게 되었다.

자유 수영을 오는 사람들은 목적이 다 다르다. 같은 수업을 듣는 A 씨도 매주 자유 수영을 간다. 다른 사람에 비해 수업에 늦게 합류한 탓에 진도를 따라가기 위해 스스로 노력하는 것이다. 그 외에도 수업 내용을 복습하러 온 사람, 함께 수영을 즐기기 위해 온 커플과 친구, 아이에게 수영을 가르쳐 주기 위해 온 가족 등 다양한 목적으로 자유 수영에 온다. 내가 자유 수영을 나가는 이유는 그냥 단순히 '재미'있어서다. 수영은 기본적으로 혼자 하는 운동이지만, 강습은 조금 다르다. 같은 반 사람들과 줄지어 수영하기 때문에 앞사람과 거리가 너무 벌어지지 않게 열심히 따라가야 하고, 하기 싫은 영법이 있어도 해야 한다. 개인 운동이지만 단체 운동의 성질을 띤다.

그런데 자유 수영은 그 모든 게 자유다. 내가 하고 싶은 영법을, 내 페이스대로, 내가 원하는 만큼 수영할 수 있다. 평소에 즐기지 못했던 여유로운 수영이 가능하다. 팔은 어떻게 저어야 할지 발차기 세기의 적당함과 발끝의 움직임 같은 것들을 의식하며 나에게 편안한 자세를 찾는다. 온전히 내 페이스대로 마음껏 수영을 만끽하는 그 순간이 너무 즐겁다. 특히 오후에 물속에 비친 햇살을 바라보며 수영하는 순간이 나에게는 최고의 힐링이다.

[수영 강습의 장점]
팔을 뒤로 쭉~
쭉~
① 자세 교정을 해 준다.

힘들어도 멈출 수 없어!
② 일정한 운동량을 채울 수 있다.

[수영 강습의 단점]
갑자기 생긴 일정
아~~ ~~
수영 가야 하는데~!
수업 시간을 변경할 수 없다.

[자유 수영의 장점]
느릿
영법
시간
페이스
① 모든 게 자유다.

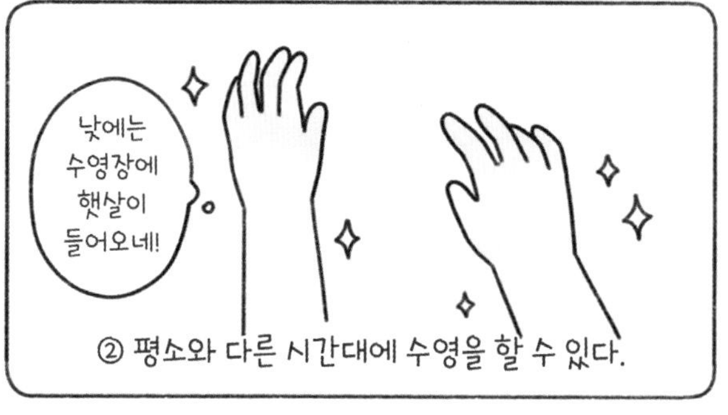
낮에는
수영장에
햇살이
들어오네!
② 평소와 다른 시간대에 수영을 할 수 있다.

[자유 수영의 단점]
헥
헥
이 정도면
충분하지
않나?
의지 박약이라면 운동이 안 될 수 있다.

여름 시즌 자유 수영은 조심하자.

흡사 워터파크 같다.

여행지에서 수영장을 찾는 사람

수영을 배우고 달라진 점이 있다면 여행을 갈 때 그곳의 수영장 위치를 확인한다는 것이다. 만약 주변에 수영장이 없다면 여건에 따라 수영장이 있는 숙소를 예약하기도 한다. 좀 유난스럽다고 생각할지도 모르겠지만, 유난 좀 떨면 어때! 낯선 곳에서 수영할 수 있는 기회는 자주 오지 않으니까.

남편과 미국으로 여행을 갔을 때의 일이다. 미국은 워낙 유명한 관광지가 많아서 기대되기도 했지만, 숙소 근처에 특이한 수영장을 발견했을 때 특히 더 설레었다. 숙소에서 차로 10분 거리에 위치한 'SWIM LAP'은 엔드리스풀Endless Pools로 운영하는 수영장이다. 평소에 익숙한 25m, 50m 길이의 실내 수영장이 아니라 성인 네 명 정도 누울 수 있는 크기의 욕조 형태의 기계가 여러 대 설치되어 있고, 앞쪽 모터에서 흘러나오는 물줄기를 가로지르며 제자리에서 수영하는 방식이다.

'수영용 러닝머신 같아!'

엔드리스풀 수영장에 대한 첫 느낌이었다. 러닝머신 위에서 달리기를 하듯 수영 기계 안에서 한없이 수영을 할 수 있다니! 분명 실내 수영장임에도 모터의 물살 때문에 파도가 있는 오픈워터 수영을 하는 느낌도 생소했다. 처음에는 힘 조절을 잘 못해서 앞쪽에 닿아 부딪히기도 하고, 너무 힘을 뺐다가 뒤로 밀려나기도 하면서 중심을 잡아 나갔다.

또 엔드리스풀 수영장은 모터의 물살 세기와 물의 온도 등 세세한 설정이 가능해서 나에게 딱 맞는 환경을 조성할 수 있다. 무엇보다 신선했던 것은 바닥에 거울이 설치되어 있다는 점이다.

'내가 이렇게 수영하는구나.'

평소에 수영 수업을 받을 때 내가 어떻게 수영을 하는지 볼 수 없다는 게 늘 아쉬웠다. 그런데 이렇게 거울로 직접 자세를 확인하며 수영할 수 있는 수영장이라니. 수영을 마치고 혹시나 하며 가정용 엔드리스풀을 빠르게 찾아봤지만 개인이 살 수 없는 엄청난 액수에 조용히 마음을 내려놓았다. 이거 한 대만 있으면 내가 원할 때마다 수영할 수 있을 텐데!

여행의 재미는 매일 반복되는 일상을 잠시 벗어나 낯선 곳에서 새로운 영감을 얻는 것이다. 매일 다니는 익숙한 수영장이 아닌 낯선 곳에서의 수영은 모든 것이 새롭고 설렌다. 수영인으로서 다양한 지역의 수영장을 경험하는 것도 무척 흥미롭다.

수영인이라면 여행 일정 중에 '수영하기'를 꼭 넣길 추천한다. 분명 훨씬 다채롭고 의미 있는 여행이 될 것이다.

[사람들이 생각하는 수영인의 휴가]

[현실]
나 영법 하는 거 잘 찍고 있지?!
수영인 특징: 수모 꼭 씀
어…
이게 도대체 몇 번째야.
(고통받는 동행인)

느려도 멈추지 않기

잘하지
않아도
괜찮다

수영 수업은 항상 정각에 시작한다. 50분의 수업이 끝나고, 다음 수업이 시작되기까지 남은 10분 동안 나는 홀로 잠영을 즐긴다.

잠영은 잠수해서 호흡 없이 물속을 나아가는 수영 영법 중 하나다. 숨을 참고 먼 거리를 가야 하기 때문에 숨이 가쁘지 않도록 최소한의 동작으로 물의 저항을 줄이고 멀리 가는 것이 핵심이다. 처음에는 숨을 참는 것이 괴롭지만, 익숙해지고부터는 외부 소리가 차단된 물속의 고요함이라든가 약간의 수압이 빈틈없이 온몸을 감싸는 느낌이 좋았다. 마치 엄마 배 속에 있는 것 같은 정서적 편안함을 느끼곤 했다. 나는 점점 10분이라는 시간이 아쉽게 느껴져서 좀 더 본격적으로 잠영을 배워 보기로 했다.

보통 수영을 익히고 나면 그다음으로 스쿠버다이빙, 프리다이빙을 많이 배운다. 스쿠버다이빙이나 프리다이빙을 하는 사람 중에 수영을 못하는 사람도 많지만, 분명 수영을 할 줄 알면 유리한 종목임은 확실하다. 스쿠버다이빙이 공기통을 메고 숨을 쉬면서 오랜 시간 바닷속을 유영하는 것이라면, 프리다이빙은 맨몸으로 물속을 유영한다. 오로지 내 숨의 한계까지만 물속에 들어갔다 나오는 프리다이빙에 매력을 느꼈다. (물을 좋아하면 언젠가는 둘 다 배우게 되어 있다!)

프리다이빙을 배우면서 좋아하는 것과 잘하는 것은 다르다는 걸 새삼 깨달았다. 잠영이 좋아서 시작했지만 깊은 수심으로 잠수해야 하는 프리다이빙에는 벽이 있었다. 바로 '이퀄라이징'이다. 수압으로 인해 고막이 압착되는 걸 막기 위해서는 몸속 공기를 이용해 내부적으로 압을 밀어 주는 이퀄라이징 동작을 해야만 한다. 비행기가 이륙할 때 기압이 달라져 귀가 아픈 것과 비슷한 증상이다. 그런데 도무지 이퀄라이징이 제대로 되지 않았다. 프리다이빙 자격증을 따기 위해서는 10m까지 잠수할 수 있어야 하는데 5m만 넘어 가면 이퀄라이징이 먹히지 않아 귀가 아파서 다시 출수해야 했다. 아이러니하게도 이퀄라이징은 신체 구조의 영향으로 아무런 어려움 없이 바로 해내는 사람이 있는가 하면, 아무리 훈련해도 좀처럼 되지 않는 사람이 있다. 나의 경우는 후자였고, 정해진 수업 시간 안에 결국 해내지 못했다. 비록 자격증은 따지 못했지만 남는 게 없진 않았다. 수업을 통해 숨을 오래 참는 법을 배웠고, 2분 정도 물속에서 버틸 수 있게 되었다. 짧게 느껴질 수 있지만 물속에서의 2분은 생각보다 여유로운 시간이다. 프리다이빙을 통해 물속에서 즐기는 방법을 배운 것이다.

잘하지 않아도 된다. 취미의 가장 좋은 점이 아닐까.

나는 수영을 오래 배웠지만, 운동 신경이 좋은 편이 아니라 어느 수준 이상으로는 실력이 잘 늘지 않는다. 이 정도면 괜찮다 싶은 영법도 있지만, 대부분은 '그냥 수영을 즐기는구나' 하는 수준이다.

프로가 되려면 좋아하는 정도로 끝내서는 안 된다. 자신의 분야에서 전문적인 실력을 갖추고 제대로 해내야 한다. 하지만 취미는 괜찮다. 잘하면 잘해서 즐겁고, 못하면 못하는 대로 나의 부족한 부분을 하나씩 해결해 나갈 때마다 또 다른 즐거움을 느낄 수 있다. 수영을 잘 못해도, 프리다이빙 자격증을 못 따더라도 그저 좋아서 계속하는 나 같은 사람도 있지 않은가. 취미는 그런 면에서 너그럽다.

잠영을 좋아한다.

(잠영: 무호흡으로 물속을 헤엄치는 것)

오리발을 착용하면 접영 발차기를 하고,

맨발일 땐 평영 발차기를 한다.

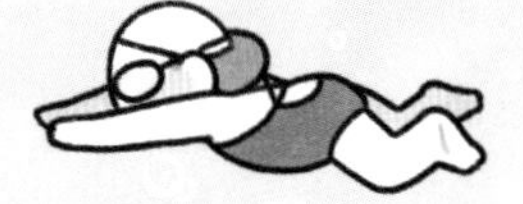

폐활량이 늘수록

갈 수 있는 거리가 늘어 간다.

우리,
생각할
시간을 갖자

～～～～ 오래된 연인들이 권태기를 겪듯이 수영도 오래 하다 보면 '수태기'가 찾아온다. 수태기란 수영과 권태기의 합성어로 수영인들이 주로 쓰는 말이다. 처음에는 배우는 재미에 푹 빠져 시간 가는 줄 모르고 다니다가 어느새 수영도 반복되는 일상 중 하나가 되어 신선한 자극이 줄어들고 시들해지는 때. 나에게도 주기적으로 수태기가 찾아온다. 중요한 건 이 순간을 어떻게 잘 보내는가이다.

먼저 권태로움이 어디서 기인한 것인지 생각해 본다. 그동안 내가 마주한 수태기는 변화가 거의 없는 환경이 오래 지속되었을 때 느껴졌다. 그럴 때 가장 좋은 건 환경을 전환하는 것이다.

• 새 수영복(장비) 사기

장비 하나 바꾸는 것만으로도 꽤 신선한 자극을 느낄 수 있다. 단, 지속 기간이 짧을 수 있다는 점은 주의하자.

• 수업 시간 변경 하기

새벽반이면 저녁반으로, 저녁반이면 새벽반으로 수업 시간을 변경해 보자. 생활 패턴에 변화를 주는 방법이다.

• 수영장 옮기기

다른 수영장에서 수업을 받아 보자. 수영장까지 평소와 다른 길로 다니게 되고, 다른 환경에서 수영을 하면서 새로운 자극을 느낄 수 있다.

이렇게 사소한 것들로 어떻게 극복이 되느냐고 반문할 수 있지만, 작은 변화로도 수영을 처음 다니는 듯한 재미를 다시 느낄 수 있다(실제 내가 시도해 본 것들이기도 하다).

또 다른 수태기의 원인은 실력이 정체되어 있는 경우다. 수영을 시작할 땐 물에서 걷기만 해도 잘한다는 칭찬을 들었는데, 진도를 나가다 보면 어느 순간 막히는 지점이 생긴다. 잘하고 싶은데 좀처럼 실력이 늘지 않는 느낌이 들 때, 그리고 그 상태가 오래 지속되면 흥미를 잃기 쉽다. 그럴 땐 우선 생각의 전환이 필요하다.

실력이 정체되어 있을 때 가장 하지 말아야 할 행동은 '다른 회원들은 다 되는데 나만 안 돼'라든가 '내가 제일 느려'와 같은 남들과의 비교다. 사람마다 나이, 성별, 신체 구조 등 조건이 다르므로 기준을 남에게 두어서는 안 된다. 모든 기준은 나 자신이어야 한다.

지금은 스스로가 한없이 부족하게 느껴지겠지만, 자유형의 오른쪽 호흡도 제대로 못 하던 때를 떠올려 보자. 분명하고 확실하게 성장하고 있는 자신을 발견할 수 있을 것이다.

성장은 계단식으로 이루어진다는 말이 있다. 대각선으로 쭉 뻗어나가는 점진적인 성장이 아니라 일정 정체 구간을 지나 한 단계씩 껑충 성장하는 계단 모양의 성장을 뜻한다. 어쩌면 스스로 정체되어 있다고 느끼는 순간이야말로 다음 단계로 넘어가기 위한 과정이 아닐까?

권태기는 오랜 시간 관계가 지속되면 누구에게나 찾아온다. 한 번 오고 끝나는 것도 아니다. 노력을 지속해도 도무지 좋아지지 않을 땐 잠시 휴식기를 갖는 것도 방법이다. 쉬다 보면 분명 다시 물이 그리워지는 순간이 올 테니까.

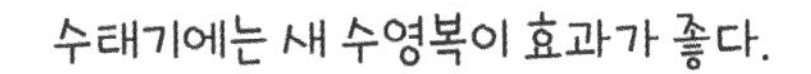
수태기에는 새 수영복이 효과가 좋다.

그래도 좀처럼 극복되지 않는다면

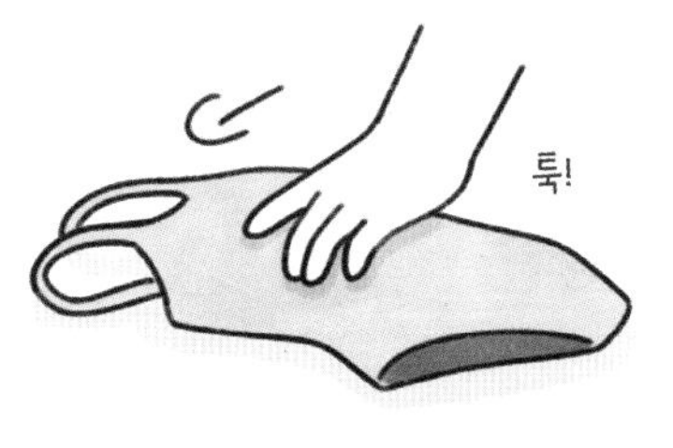

당분간 수영을 쉬는 것도 방법이다.

미용실도 가고

다른 운동도 해 본다.

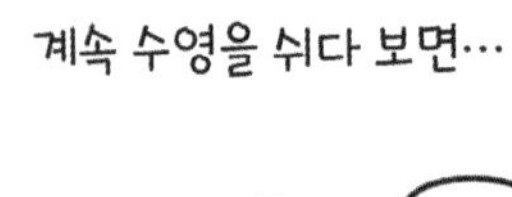
계속 수영을 쉬다 보면…

…

분명 다시 물이 그리워지는 순간이 온다.

장거리
인생

지금도 가끔 생각하면 부끄러워서 손발이 저릿해지는 기억이 있다. 그날은 회식 자리에서 부장님이 직원들에게 돌아가며 인생의 목표를 발표하라고 지시했다. 다들 크고 거창한 자신의 포부를 하나씩 외치던 중 디자인팀의 한 선배가 조용히 발표를 시작했다.

"제 인생의 목표는 가늘고 길게, 오래 가는 겁니다."

지금이라면 나도 동감한다며 응원의 박수를 칠 테

지만, 그때의 난 사회 경험이 전무한 열정과 패기로 무장한 대학생 인턴이었다. 그 순간 속으로 '뭐? 가늘고 길게? 그게 후배들 앞에서 할 말인가? 인생은 굵고 짧게지!'라고 생각했다. 밖으로 내뱉은 말이 아니라 누군가에게 생각이 들키진 않았지만, 시간이 지나 그런 생각을 한 미숙한 자신에 대한 수치심에 스스로가 부끄러웠다. 그때의 난 성과 위주로 사람을 판단했다. 인생에 큰 획을 긋고 굵고 짧게 사는 인생이 멋있어 보였고, 그런 삶을 동경했다. 하지만 내가 착각하던 게 하나 있었다. 애초에 나라는 인간은 굵고 강하게 태울 에너지를 갖고 태어나지 못했다는 것. 그리고 인생은 길다는 것이다. 무언가 성과를 이룬다고 인생은 거기서 끝나지 않는다. 다음에 또 다른 미션이 있고, 그 미션이 끝나면 또 다음 미션이 기다리고 있다. 한 번에 모든 힘을 쏟아 버리면 다음에 쓸 힘이 남아 있을 리 없다. 인생은 장거리라는 걸 그 시절의 난 알지 못했다.

장거리 수영을 하면서 인생에 대해 생각한다. 장거리 수영은 긴 거리를 헤엄쳐야 하기 때문에 단거리 수영을 하듯이 처음부터 힘을 다 쏟으면 금세 힘이 빠져 완주가 힘들어진다. 가야 할 거리를 염두에 두고 내가 가진 힘을 고르게 잘 배분하는 것이 중요하다. 서두르지 말고 천천히 내 페이스대로 수영을 한다면 아무리 속도가 느리더라도 완주할 수 있다.

장거리 수영의 재밌는 점은 긴 거리를 수영하기 위해 몸이 자연스럽게 최소한의 동작으로 최대한 멀리 갈 수 있는 효율적인 자세를 취한다는 것이다. 단거리 수영을 할 때처럼 발차기를 아주 빠르게 많이 차는 것이 아니라, 몸을 앞으로 쭉 밀어 글라이딩을 해 줌으로써 한 번의 발차기로도 길게 나아갈 수 있게 수영을 하는 식이다. 인생을 살아갈 때도 매번 모든 에너지를 불태우는 것보다 글라이딩을 하듯이 유연하게 대처한다면 힘을 조금 더 남겨 둘 수 있지 않을까. 우리는 앞으로 가야 할 길이 머니까.

몸에 힘을 빼세요

~~~~~~ 신혼여행 중 호텔 수영장에서 남편과 수영을 했을 때의 일이다. 남편은 수영을 배우진 않았지만 어렸을 땐 수영을 곧잘 했었다며 호기롭게 자유형을 하기 시작했다. 그런데 긴장해서 온몸에 힘이 가득 들어간 탓에 조금만 수영을 해도 금방 지쳐 버렸다.

"몸에 힘을 좀 빼 봐. 체력 소비가 너무 커."

"나도 아는데 안 되는 걸 어떡해. 힘을 빼면 바로 물속에 가라앉을 것 같아."
~~~~~~

아차. 개구리가 올챙이 적 생각을 못 한다더니… 꼭 나를 두고 하는 말 같다.

“몸에 힘을 빼세요.” 이 말은 내가 수영을 시작할 때 가장 많이 들었던 말이다. 처음에는 물이 익숙하지 않아서 항상 온몸에 힘이 바짝 들어가 있었다. 강사님이 힘을 빼라고 하면 밑도 끝도 없이 축 늘어져서 앞으로 나아가지 않았고, 그 정도는 아니라고 힘을 좀 더 내라고 하면 금세 또 온몸에 힘이 들어가 몸이 목석같이 빳빳해졌다. 마치 약한 불과 강한 불만 선택 가능한, 중간 불이 없는 가스레인지 레버 같았다.

‘힘을 빼라’는 말은 상급반이 되어도 종종 듣는다. 초급 시절과 다른 점이 있다면 어떻게 몸에 힘을 빼야 하는지 방법을 안다는 것이다. 절대 온몸에 힘을 다 빼라는 말이 아니다. 힘을 뺄 곳은 빼고, 힘을 줘야 할 곳은 주어야 한다. 예를 들어, 경직된 어깨와 발목은 힘을 빼고 복근과 엉덩이는 단단히 힘을 주면서 중심을 잡아야 한다. 힘을 빼는 데에도 기술이 필요하다. 노래를 부를 때 바이브레이션을 넣거나 악기를 연주할 때

변주할 수 있는 경지에 이르듯 수영에서 몸에 힘을 뺀다는 건 기본기를 익히고 나서야 가능한 기술이다(숙련을 통해 가능하니 기술이라고도 할 수 있겠다).

몇 번이고 반복해서 익숙해지는 과정을 통해서 내 몸에 대한 믿음이 생기고, 그다음에 자연스럽게 '여유'가 따라온다. 여유가 있어야 '힘 빼고 하는 수영'이 가능해지기 때문에 초급자에게 힘을 빼라는 말은 당연히 어려울 수밖에 없다. 물론 가르치는 입장에서도 답답할 수밖에 없을 것이다. 몸에 힘을 빼라는 말 외에 달리 표현할 길이 없으니 말이다. 초행자의 피할 수 없는 과정이랄까.

처음 책을 쓰는 지금의 나도 같은 상황이다. 누구나 편하게 읽기 좋은 재밌는 글을 쓰고 싶지만 멋있는 말을 하고 싶어서 나도 모르게 손가락에 힘이 잔뜩 들어간다. 아직 글쓰기에 힘을 빼는 경지에 도달하지 못한 것이다. 어쩌겠는가. 그저 계속 반복하고 익숙해져서 나만의 여유를 찾는 수밖에.

[힘 빼기가 가장 필요한 순간]

달리기를 시작하다

왜 소중한 건 잃고 나서 알게 되는 걸까. 코로나19의 영향으로 한동안 수영장도 자연스레 문을 닫았다. 나는 수영하는 삶이 행복하다고만 생각했지, 수영을 하지 못하게 되었을 때 불행해질 거라는 생각은 한 번도 해 본 적이 없다. 그래서 마음을 다해 수영을 좋아하고 그만큼 빠져들었다. 그런데 수영을 하지 못하게 되자 몸이 둔해지고 관절이 뻐근해지는 것은 물론이거니와 무엇보다 마음이 점점 무겁고 어두워졌다. 수영할 땐 몰랐다. 수영을 통해 육체의 건강보다 정신적으로 더 많이 도움받고 있었다는 걸.

수영을 대신해서 무엇을 할 수 있을까 고민하다가 떠올린 건 달리기였다. 어렸을 때 부모님이 억지로 마라톤에 참가시켜서 제일 싫어하는 운동이 된 바로 그 달리기. 그런데 가만히 생각해 보니 달리기는 시간과 장소의 구애를 받지 않고, 마스크를 쓸 필요도 없으며, 운동화만 있으면 언제든지 시작할 수 있는 이 시대 최고의 운동이었다. 사실 지금까지 살아오면서 한결같이 달리기를 싫어했지만, 한편으로는 늘 궁금했다. 달리기에는 대체 어떤 매력이 있길래 계절마다 전국 곳곳에서 마라톤 대회가 열리고, 운동 에세이를 찾아보아도 달리기 책이 가장 많은 자리를 차지하고 있는 건지. 달리기에 내가 아직 깨닫지 못한 어떤 매력이 있다는 건 분명해 보였다.

그런데 막상 달리기를 시작해야겠다고 마음먹고 나니 '달리기는 어떻게 시작해야 하지? 그냥 달리면 되나?' 조금 막막했다. 인터넷으로 '달리는 방법'을 검색해 보니 많은 글과 영상에서 공통으로 어떤 앱을 추천하고 있었다. 바로 '런데이'라는 달리기 앱이었다. 일주일에 세 번, 8주 동안 앱에서 시키는 대로만 따라 하면 30분 동안 쉬지 않고 달릴 수 있게 된다니! 나는 곧장 앱의 프로그램을 시작해 보기로 했다.

귀에 무선 이어폰을 꽂고 손에는 앱을 켠 핸드폰을 쥐고 집을 나섰다. 처음이라 그런지 달리는 시간보다 걷는 시간이 더 많았다. 첫날에는 2분 걷고 1분 뛰고, 그다음 날은 1분 걷고 2분을 뛰었다. 그렇게 조금씩 뛰는 시간을 늘려 갔다. 놀랍게도 8주 뒤, 나는 쉬지 않고 30분을 달릴 수 있게 되었다. 1분을 달리던 사람이 30분을 달릴 수 있게 된 데에는 그 어떤 마법 같은 일은 없었다. 끓는 물에 개구리를 갑자기 넣으면 놀라서 뛰쳐나가지만, 서서히 물의 온도를 높이면 뜨거움을 못 느낀다고 한다. 처음부터 무턱대고 30분을 뛰라고 했으면 나도 개구리처럼 놀라서 도망쳤을지도 모른다. 그저 1분에서 2분, 2분에서 3분, 3분에서 4분으로 아주 천천히, 그러나 확실하게 시간을 늘리며 달리니 어느새 30분이 되어 있었다.

달리는 방법을 익히고 나서부터 수영을 못 가는 날에는 주저 없이 달리기를 한다. 할 줄 아는 운동이 많아지면 그날의 컨디션이나 선호도에 따라 고를 수 있는 선택지가 늘어나서 좋다. 이렇게 말하는 걸 보니 나도 제법 운동인이 된 것 같다.

달리기를 하면서 내가 달리기를 싫어하는 게 아니라는 사실을 알았다. 나는 단지 남과 경쟁하며 빨리 달려야 하는 달리기가 싫었던 거다. 누가 보면 그게 달리는 거 맞냐 싶을 정도로 말도 안 되게 느리게 달리더라도 아무 상관없는, 내 페이스대로 마음껏 달리는 게 좋다. 오랜 시간 달리기를 싫어했던 것이 무색하게도 순식간에 달리기를 좋아하게 되었다. 애초에 스스로 운동 신경이 없다는 걸 인지하고 '잘'하려는 마음보다 그저 '할 줄만 알면 된다'는 식의 마음이 한몫했다. 어디 달리기뿐일까. 남들보다 잘해야 한다는 마음만 덜어내도 순수하게 즐길 수 있는 것들이 많다.

달리기를 시작했다.
날씨 좋다!

예전에 TV에서 아이들은 달리면 반사적으로
웃는다고 하던데…
까르륵
꺄아

나도 달리기 전엔 조금 귀찮다가도
흐음

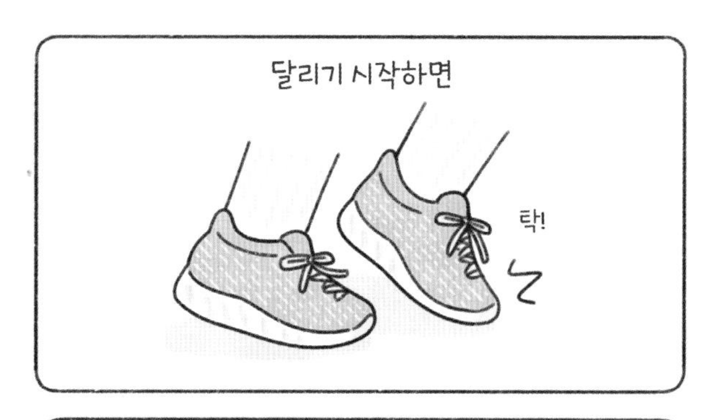

러너스하이: 30분 이상 달렸을 때 고통이 무뎌지고 쾌감이 느껴지는 현상

건강한 민들레

"너, 왜 아직도 약해?"

오랜만에 만나는 지인들에게 자주 듣는 말이다. 내가 수영을 오랫동안 해 온 사실을 아는 그들은 여전히 추위에 약하고 피곤해하는 나를 보며 의아해한다. 수영은 운동 효과가 없는 거냐고.

운동을 오래 하면 당연히 운동을 안 하는 사람보다 건강할 것이라 생각하기 쉽다. 하지만 그건 신체 조건이 동일하다는 전제하에 가능한 이야기다. 물론 나도 처음에는 운동만 하면 모든 게 좋아질 거라 믿었다. 계절 상관없이 얼음같이 차가운 수족냉증이 낫는다거나 반나절 이상 외부 활동을 거뜬히 할 만한 체력이 생기지 않을까 기대했다. 하지만 운동을 하다 보면 알게 된다. 운동을 하기 전보다야 확실히 좋아지지만, 타고난 체질을 바꾸기는 어렵다는 것을. 누군가는 커다랗고 굳센 나무 같은 건강한 몸을 타고나기도 하지만, 아쉽게도 누군가는 작은 들꽃처럼 약하게 태어나기도 한다. 나는 그 사실을 먼저 받아들였다. 그리고 결심했다. 비록 들꽃 같은 나약한 체력을 타고났지만, 이왕 들꽃이라면 그중에서도 쉽게 시들지 않는 생명력이 강한 민들레가 되겠다고.

비록 굳센 나무 같은 사람이 되진 못하지만 나의 노력이 무의미하진 않았다. 수영을 하기 전에는 하루 종일 졸음이 몰려와 시시때때로 하품을 했다. 이게 꽤 잦아서 주변 사람들에게 기면증이 있냐는 질문도 여러 번 받았었다. 그런데 수영을 하고 몇 개월이 지난 후 졸음 증상이 없어졌다. 늘 졸음이 몰려왔던 건 잠이 부족해서도, 기면증이 있어서도 아닌 체력이 달려 몸에서 한계에 다다른 신호를 보낸 것이었다. 그뿐이 아니다. 수영으로 인해 폐활량이 늘어난 덕에 더 이상 계단을 오를 때 숨이 차지 않았다. 또 몸 곳곳에는 작은 근육들이 자리 잡았다. 눈에 띄는 화려한 근육은 아니지만 일상을 버텨 내기에는 충분하다. 어느새 내 안에 단단함이 느껴졌다.

30대 중반에 들어서는 요즘이 내가 지금까지 살아오면서 제일 건강한 상태다. 물론 사람들이 생각하는 건강함과는 거리가 멀 수 있지만, 내가 목표로 하는 건강함은 일상생활을 무리 없이 이어 나갈 수 있는 체력을 갖는 것이다. 상대적으로는 약하지만 절대적으로는 건강한 삶을 위해 내가 가진 신체 조건 안에서 최선을 다해 건강해지기로 했다.

운동을 시작한 후 종종 받는 질문이 있다.
너, 왜 아직도 약해?

수영도
오래 하고
달리기도
시작했던데…
엄청
건강해야
하는 거 아냐?

굳이 반론을 하자면,
사실…
지금이 내
인생에서
제일
건강한
상태야!
악ㅋㅋㅋ

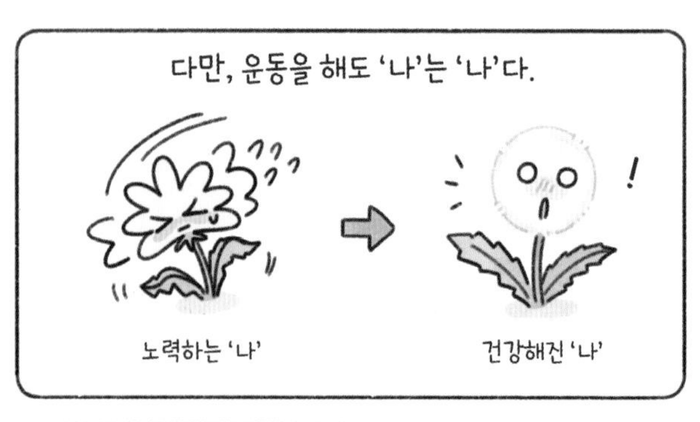
다만, 운동을 해도 '나'는 '나'다.
!
노력하는 '나'
건강해진 '나'

건강한 민들레는…

건강한 나무가 될 수
없다는 사실을
일찍이
받아들였다.
오!
훗

모두 각자의 건강함이 있다.

오늘도 씻으러 갑니다

수영을 아무리 좋아하는 나라도 선뜻 집 밖을 나서기 힘든 날이 있다. 날씨가 너무 더워서 혹은 너무 추워서, 새로 나온 드라마를 보고 싶다거나 누워서 쉬고 싶다 등 대체로 별거 아닌 이유들 때문이다. 일단 가면 너무 좋고 왜 고민했었는지 이유조차 생각나지 않지만, 한번 나가기 싫은 마음에 휩싸이면 무거운 엉덩이는 쉽게 움직이지 않는다. 물론 갈까 말까 고민만 하다 안 가게 되어 쉬더라도 마음은 편치

않다. 가끔은 스스로가 한심하게 느껴지기도 한다. 후회할 걸 알면서도 해야 할 일을 미루는 자신이 싫어 어느 순간부터는 나 스스로를 속이기 시작했다.

'오늘 어차피 씻어야 하는데, 수영장 가서 씻고만 오자!'

부담이 느껴지지 않을 만한, 아주 사소한 일을 한다고 생각하는 것이다. 내가 어떤 일을 하기 싫어할 땐 그 일이 구체적으로 얼마만큼 힘든지 아는 경우가 많았다. 물론 운동 후의 개운함 같은 좋은 점도 잘 알지만, 당장의 힘듦을 외면하고 싶어 하는 성향이 강했다. 그럴 때마다 수영을 하러 갈 땐 '샤워만 하고 오자', 달리기를 할 땐 '걷고만 오자', 도무지 그림이 손에 잡히지 않을 땐 '오늘은 낙서만 하자'와 같은 아주 작은 목표를 세운다. 그렇게 시작만 하면 나머지는 알아서 해결된다. 시작이 어렵지, 하다 보면 의욕이 생겨 열심히 하게 되는 경우가 대부분이지만, 처음의 아주 작은 목표만 달성해도 괜찮다. 이미 '했다'는 성취감을 얻었기에 그것만으로도 충분하다.

해야 하는 일을 미루고만 싶을 때
수영 가야 하는데…

나는 목표를 아주 작게 잡는다.
가서
씻고만
오자!

일단 시작만 하면 나머지는 알아서 된다.
처음의 작은 목표를
달성해도 좋고
생각보다 열심히 하게
되면 더 좋다!

중요한 건 '했다'는 작은 성취감.

좋아하면
행복해진다

생각해 보면 무언가 진득하게 좋아한 적이 없다. 아마 형제가 많은 집안에서 자라 스스로 무언가를 선택해 본 경험이 적어서 그런 것 같다. 항상 세 살 터울의 언니가 한 대로 자랐다. 언니가 나온 유치원을 다니고, 초등학교, 중학교, 고등학교, 심지어 대학교까지 같은 곳을 다녔다(전공은 달랐지만).

호불호가 없으면 세상을 살아가는 데에는 편할지 모르지만, 재미가 없다. 좋아하는 게 없다는 건 취향이 없다는 말을 뜻하고, 취향이 없다는 건 스스로를 잘 모르고 있다는 말이기도 하다. 이것저것 많은 걸 경험해 봐야 무엇을 좋아하고 싫어하는지 알 수 있는데, 그동안 언니가 선택한 길만 따라왔으니 나라는 사람의 취향 데이터가 있을 리 만무했다. 정신을 차리고 보니 먹고 싶은 메뉴도 쉽게 결정하지 못하는 우유부단한 사람이 되어 있었다. 오랜 시간 스스로를 색깔이 없는 매력 없는 사람이라 여기면서도 좀처럼 나만의 취향을 만들 수 없었다.

대학 졸업 후 취직을 하고, 정신없이 달리다 힘에 겨워 꼬꾸라져 퇴사를 하면서 멘붕이 찾아왔다.

'내가 정말 하고 싶은 게 뭐지?'

'앞으로 어떻게 살아야 하지?'

진즉에 해야 했을 고민이 뒤늦게 터져 나왔다. 다음 취직 자리를 결정하지 못한 채 방황하며 아르바이트를 전전했다. 서울에서 살아가려면 숨만 쉬어도 돈이 나가기 때문에 방 안에서 진로 고민만 하며 시간을 보낼 수 없었다. 대신 아르바이트를 하니 회사에 다닐

때보다 시간이 많이 남았다. 그 시간을 활용해 보기로 했다. 그동안 가고 싶었던 해외 여행도 가고, 여러 가지 원데이 클래스도 들으러 다녔다. 그냥 '다양한 경험'에 목말라 있었던 것 같다. 그러다 우연한 기회에 수영을 시작하게 되었다. 당시는 체력의 한계를 경험한 후라 운동 하나쯤 시작하는 게 필요한 일이기도 했다. 좀처럼 운동을 좋아하는 마음이 잘 생기지 않았는데 수영은 달랐다. 수영을 시작하고 단번에 수영의 매력에 빠져들었다. 여행이나 원데이 클래스도 좋았지만 수영은 그 무엇과도 확실히 다르게 좋았다.

우울은 수용성이라는 말처럼 물에만 있어도 기분이 좋아졌다. 미래에 대한 걱정과 우울함으로 제대로 된 판단을 내리기 어려운 순간, 잠깐이라도 수영장을 다녀오면 머릿속이 비워지면서 맞닥뜨린 문제에 대해 차분하게 생각할 수 있는 여유가 생겼다. 평소에 두 발로 걸으며 이동하는 수평적인 움직임에서 벗어나 물속에서는 위아래로 헤엄칠 수 있는 자유로움이 있었다. 나이, 성별, 직업의 편견 없이 수영을 하기 위한 목적으로 만나는 수영장 사람들도 좋았다. 너무 좋아하면 장점만 보이는 건지 수영을 하면 머릿결이 상한다거나 손톱이 갈라진다거나 하는 수영의 단점들이 나에게는 전혀 중요하지 않았다.

좋아하는 게 생기니 일상생활에도 활력이 생겼다. 아무것도 하기 싫은 무기력한 일상에서 내일이 기다려지는 삶으로 바뀌는 건 시간 문제였다. 한동안 잊고 지내던 그림도 다시 그리기 시작했다. 어릴 때부터 그림 그리기를 좋아했지만 어느 순간 텅 빈 새하얀 종이가 무서웠다. 매번 '무엇'을 그려야 할지 막막해서 도무지 첫 획을 그을 수가 없었다. 그랬던 내가 수영을 하면서 수영하는 사람들과의 소통 도구로 '그림'을 선택한 것이다. 수영에 관한 하고 싶은 이야기가 너무 많아서 더 이상 '무엇'을 그려야 할지 고민할 필요가 없었다.

좋아하는 게 많아지면 취향이 생긴다. 그리고 취향이 있는 사람은 매력적이다. 스스로에 대해 잘 알고, 자신의 삶을 원하는 방향으로 끌어가는 힘이 있기 때문이다. 무엇보다 취향이 가득한 일상은 재미있다. 나 역시 수영을 만나고 삶이 더 행복해졌으니까.

물속의 포근함,

수영복의
귀여움,

온전히 나에게 집중할 수 있는 시간,

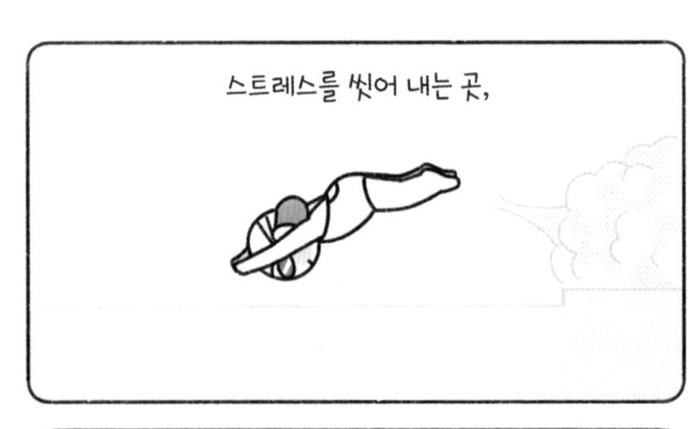
스트레스를 씻어 내는 곳,

배움의 재미,

일상의 루틴,

내가 수영을 좋아하는 이유.

파 이 팅!

오늘도 수고하셨습니다!

어푸어푸 라이프

1판 1쇄 발행 2023년 7월 21일
1판 2쇄 발행 2023년 9월 11일

지은이 씨유숨
펴낸이 김성구

책임편집 조은아
콘텐츠본부 고혁 김초록 이은주 김지용
디자인 이영민
마케팅부 송영우 어찬 김지희 김하은
관리 김지원 안웅기

펴낸곳 (주)샘터사
등록 2001년 10월 15일 제1-2923호
주소 서울시 종로구 창경궁로35길 26 2층 (03076)
전화 02-763-8965(콘텐츠본부) 02-763-8966(마케팅부)
팩스 02-3672-1873 | 이메일 book@isamtoh.com | 홈페이지 www.isamtoh.com

ISBN 978-89-464-2253-7 03810

• 값은 뒤표지에 있습니다.
• 잘못 만들어진 책은 구입처에서 교환해 드립니다.

샘터 1% 나눔실천

샘터는 모든 책 인세의 1%를 '샘물통장' 기금으로 조성하여 매년 소외된 이웃에게
기부하고 있습니다. 2022년까지 약 1억 원을 기부하였으며, 앞으로도 샘터는
책을 통해 1% 나눔실천을 계속할 것입니다.